CB049187

DANIEL TONETTO

DOIS CAMINHOS

Dois Caminhos

DANIEL TONETTO

Publisher:
Artur Vecchi
Capa:
Armandinho Ribas
Pubblicità Propaganda
Revisão Textual:
Ceura Fernandes e Gaspar Miotto
Revisão de Conteúdo:
Arthur Tonetto
Felipe Tonetto Londero
Isadora Raddatz Tonetto
Vera Figueira Tonetto
Editoração, impressão e acabamentos:
Gráfica Pallotti
Revisão gráfica
Luiz Gustavo Souza

Dados Internacionais de Catalogação na Publicação – CIP

T664
Tonetto, Daniel

Dois caminhos / Daniel Tonetto.
– Porto Alegre : Avec, 2024.

240 p. : 16x23cm.

ISBN 978–85–5447–218–4

1.Ficção : Literatura brasileira

CDD 869.93

Bibliotecaria Ana Lucia Merege CRB7: 4667

Caixa Postal 7501
CEP 90430-970 — Porto Alegre — RS
contato@aveceditora.com.br
www.aveceditora.com.br
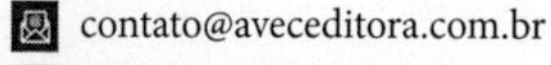
@aveceditora

Com duas décadas atuando na advocacia criminal, presenciei os mais diferentes sofrimentos, dos mais diversos tipos humanos. Independente de serem ricos ou pobres, estudados ou analfabetos, observei que, em momentos de dor, a fé é fundamental para aliviar a alma dos que sofrem. Por isso, dedico este livro a todos os movimentos e religiões que, pregando a paz e a fraternidade, despertam a verdadeira fé, o maior apoio nos momentos difíceis.

"Os atos de uma pessoa tornam-se a sua vida, tornam-se o seu destino"

Leon Tolstói.

AGRADECIMENTOS

Este livro não teria sido publicado sem a ajuda inestimável dos meus ilustres irmãos Armandinho Ribas Neto e Felipe Tonetto Londero.

À minha esposa Isadora Raddatz Tonetto, que sempre me apoiou a evoluir em todos os sentidos.

À minha mãe Vera Tonetto, a quem devo a carreira de escritor, pois ela me incentivou o hábito da leitura.

Aos meus padrinhos literários Gaspar Miotto e Ceura Fernandes.

Ao estimado professor Rodrigo Gurgel que, com suas aulas memoráveis, me fez enxergar a escrita como uma forma de vida.

Aos distintos amigos Joel Oliveira Dutra pelo prefácio e pela escolha do nome do livro, e Daniel Guzinski, pela sinopse e dicas que, sem dúvida alguma, engrandeceram a obra.

Agradeço também aos amigos Andrea Pfluger Pacheco, Eduardo Machado, Harold Hoppe e Lenira Brisch, que leram o livro antes de ser publicado e me deram conselhos incríveis.

Por fim, aos inestimáveis amigos Almir Humberto Velasco Cargnelutti, Cleberson Braida Bastianello e Ruy César Abella Ferreira que, pela maneira leve e ao mesmo tempo honrosa com que levam a vida, inspiraram personagens deste livro.

PREFÁCIO

A MORTE!

Assim começa a história trazida pelo Daniel, parece que subvertendo a ordem natural das coisas, que de ordinário começam com o nascimento...

Porém, tratando-se de alguém que traz para sua vida o desafio de encarar a morte buscando de algum modo aliviar a dor dos que com ela têm de conviver, defendendo ou acusando (quem mata carrega consigo a sombra da vida ceifada, quem perde alguém fica chorando a falta da vida arrancada), iniciar uma história aparentemente do avesso não é de se estranhar.

Daniel Tonetto é advogado criminalista antes mesmo de ser oficialmente reconhecido como tal. Já no início dos anos 2000, enquanto jovem estudante de Direito participava de debates em plenário de júri ao lado de grandes tribunos, certamente atraído pelo pulsar da vida que teimava em gritar suas paixões, suas dores e seus medos pelas vozes dos personagens da história, contada pela acusação e pela defesa. De lá para cá vão-se longos anos, mais de vinte, e a estrada transformou o menino atrevido em homem maduro, e lidando com vida e morte acabou conhecendo a alma humana naquilo que tem de melhor e de pior.

Então, a vida real se transforma em romance pelas mãos de Daniel. À tona surgem personagens seguindo direções que os levarão à glória ou à desgraça, ao sucesso ou ao fracasso, arrastando para as sombras ou conduzindo à luz a todos que cruzam seus caminhos. Há um pouco do que somos nos personagens que são construídos pela mente do autor, ora nos lembrando o quão grande somos, ora mostrando até onde é possível cair no precipício da destruição, a depender da estrada escolhida.

Juliette, com toda a certeza, sabia o que a vida lhe reservava. Jeferson, a seu passo, julgava-se inatingível. Everton escolheu sua estrada, enquanto Matheus não desperdiçou as chances de se dar bem na vida. Heitor e Clóvis ocupavam-se com a vida dos outros, conquanto antítese um do outro. Alguns muito humanos, outros de moral duvidosa, a presença do bem no coração de poucos. Leon Tolstói tem razão quando diz que os atos de uma pessoa tornam-se a sua vida, tornam-se o seu destino.

Então, caro leitor, cabe a ti explorar o enredo destas vidas, e dar asas à imaginação, construindo imagens e semelhanças dos personagens com os atores da vida real. E ao longo da história contada, torcer para que a justiça se faça!

Joel Oliveira Dutra

Capítulo I
A morte

A noite de inverno estava começando a dar seus primeiros sinais, mas parecia que ninguém notava as poucas estrelas que começavam a surgir no céu. Era 17 de julho do ano de 1994, a seleção brasileira de futebol tinha se tornado tetracampeã do mundo, e quando Roberto Baggio errou o pênalti o país parou. "Agora já posso morrer em paz", disse um moribundo que assistia à partida na televisão da rodoviária e já não esperava mais nada de alegre desse mundo. Foi o momento mais feliz na vida de milhões de brasileiros, desde jovens que nunca haviam vivenciado tamanha emoção a anciãos que almejavam ver o time mais uma vez vitorioso antes de serem alcançados pela morte.

Juliette Torrani estava com 46 anos, porém quem a observava tinha a impressão de que ela ultrapassara os 60. Sua vida desregrada e o consumo de bebidas alcoólicas, além de dois maços de cigarro por dia, que foram os responsáveis por amarelar seus dentes como se fossem pequenos caramelos, davam-lhe uma aparência bizarra. Após o jogo, tomou quase uma garrafa de cachaça na comemoração e foi parar no quarto de um frentista que tinha idade para ser seu filho. Transaram por alguns minutos, e quando a exaltação da cocaína lhe devolveu a consciência, teve vontade de vomitar e dispensou Juliette; primeiro educadamente, depois aos gritos, chamando-a de bruxa nariguda. Acostumada a ouvir desaforos e, sem opção, ela voltou para casa.

Ao chegar, a rotineira solidão lhe permitiu ouvir o barulho dos foguetes por todos os lados. Mesmo assim, instantes depois, dormiu por quase uma hora. Foi acordada por uma infinidade de carros que buzinavam freneticamente, com pessoas nos veículos ovacionando todo o tempo o craque Romário. Com o barulho ensurdecedor, levantou-se da cama e foi até a cozinha tomar um copo de água. Enquanto abriu a torneira, ouviu um estrondo, era como se uma porta estivesse sendo arrombada. Confusa pela ressaca, olhou ao seu redor e não viu nada. O som se repetiu, só que agora mais perto. Juliette moveu o pescoço e deparou-se com um homem encapuzado.

– Pode levar o que quiser, só não me machuque! – pediu, dominada pelo medo.

– Por acaso, está me chamando de ladrão? – respondeu a voz abafada pelo capuz. Apesar disso, Juliette o reconheceu.

– Me deixa em paz, sai daqui...

O encapuzado desferiu um soco em seu rosto, fazendo-a cambalear, mas não a derrubou. Em seguida, chutou-lhe as pernas e ela desabou.

– O que você quer de mim?

– Cala a boca, vagabunda!

Mesmo apanhando, não perdeu o ímpeto da provocação.

– Não vê que acabei de transar com um garoto, então não me atrapalha!

– Sua vadia! – disse, dando-lhe pontapés em sua barriga.

Em meio ao vacilo do agressor, que acreditava ter a situação sob controle, Juliette pegou uma frigideira no balcão abaixo da pia e, erguendo o corpo, conseguiu desferir um golpe no rosto do homem. Imediatamente saltou sobre ele, cravou-lhe as unhas em seu pescoço, arrancando-lhe a pele. Enfurecida, passou a agredi-lo com socos, mas quando imaginou que era capaz de vencê-lo, sentiu uma lâmina lhe queimar a barriga.

– E agora, quem é que vai transar com um garoto, sua megera!? – disse olhando em seus olhos. – Sinta isso – falou em seu ouvido, torcendo a faca, fazendo-a soltar um uivo de dor e medo.

Não satisfeito, arrancou a lâmina de seu corpo e desferiu mais duas facadas no tórax.

– Está vendo as luzes se apagarem? Não são luzes, e sim sua vida medíocre que está indo embora.

Juliette tentou gritar, mas suas forças se evaporavam, parecia mesmo que estava se despedindo da vida.

Deitada no chão, sangrando com os braços estendidos ao longo do corpo, Juliette era só amargura e aflição. Olhou a porta da entrada de sua casa, sonhando que pudesse chegar socorro, mas a esperança se diluía a cada segundo. Contudo, ouviu uma sirene distante, cada vez mais perto. Não sabia se era a polícia ou uma ambulância. O certo é que não faria a mínima diferença. Juliette acabara de morrer.

Alertados pelos vizinhos, os policiais entraram na casa e viram um homem com as mãos ensanguentas ao lado do corpo e uma faca a menos de um metro.

– Parado, fique longe da arma! – gritou um dos policias apontando-lhe o revólver.

– Que é isso! Não fui eu quem a matou!

– O senhor está preso. Tudo o que falar pode ser usado em seu julgamento.

– Mas...

– Cala a boca – disse o outro policial, algemando-o.

Na frente da residência, poucas pessoas se interessaram ao ver o homem preso. Esperavam há 24 anos pelo título da seleção brasileira e tinham mais a comemorar do que presenciar uma pessoa detida. No outro dia, nem mesmo o jornal da cidade publicou uma linha sobre o homicídio. Todas as capas dos periódicos país afora estampavam a foto do meio campista Dunga levantando a taça do tetra.

Capítulo II

Os primeiros passos

As lembranças daquela madrugada fria do ano de 1974 permaneceram para sempre nas memórias de Matheus Britto. Os primeiros dias de inverno surgiram como uma névoa calada que parecia tomar conta de quase tudo.

Enquanto, do lado de fora, um vento silencioso fazia a sensação térmica ser uma temperatura abaixo de zero, em seu quarto, a recente perda da única irmã o acometia de uma tristeza que parecia ser ainda mais gelada e sombria. Semanas antes, com cinco anos de idade, portanto um ano mais jovem do que ele, despediu-se da vida, vítima de uma doença que os médicos não souberam precisar. Por dois meses seu minguado corpo foi definhando até morrer. A derradeira imagem da irmã tocando em suas mãos era como um deserto de desespero.

Nas primeiras noites, Matheus, ao se deitar, escondia a cabeça sob o travesseiro para que os pais não escutassem seu choro, mas o que ele não sabia era que os dois ficavam atrás da porta, atentos ao sofrimento do filho. Eles se abraçavam, petrificados, no escuro, procurando palavras para consolá-lo, sem nunca as encontrar, questionando a Deus por ter levado a doce Isabel.

Em uma dessas madrugadas, ouviram um barulho estarrecedor, precedido por gritos de socorro. Matheus Britto levantou, abriu a porta e se deparou com os pais enrolados em um cobertor, já sem lágrimas para derramar.

– O que vocês estão fazendo aqui? – perguntou.

– A gente se assustou com o barulho – tentou disfarçar sua mãe.

Sem pensar muito, Adão Britto colocou o primeiro casaco que viu.

– Pai, eu vou junto com o senhor.

– Nem pensar, eu não sei o que aconteceu e pode ser perigoso.

– Mas, pai, tenho certeza de que se a mana estivesse aqui e ela pedisse, o senhor a levaria.

O casal, mais uma vez, não encontrou palavras para falar, e Adão acabou concordando que o filho o acompanhasse.

Os pais de Matheus eram pessoas singelas, de hábitos simples, desprovidas de maldade. Foram criados como católicos e passaram a vida ouvindo histórias sobre pecados e suas consequências. Ele, um homem com 35 anos , calvo, magro, nariz arredondado, trabalhava há mais de dez anos como auxiliar de estoque em um supermercado. Zulmira, com 32, exercia a função de serviços gerais em um hotel, e aparentava ser um pouco mais velha, talvez pela perda prematura da filha ou pela árdua rotina de trabalho, somada aos cuidados da casa.

Do lado de fora, os gritos por socorro pareciam aumentar, e Zulmira pediu para que os dois se apressassem. À medida em que se distanciavam de casa e aceleravam os passos, mais altos ficavam os pedidos de ajuda. Matheus percebeu que eram sotaques diferentes, pois até então nunca havia visto uma pessoa que falasse um idioma que não fosse o português.

Perto do local em que residiam, passava uma estrada, utilizada por turistas uruguaios que visitavam a serra gaúcha, cujo inverno permitia que apreciassem a neve. Por azar, um ônibus lotado de castelhanos, ao tentar desviar de um cavalo que estava no meio da pista, acabou caindo em um barranco.

Ao se aproximarem, viram cerca de vinte pessoas, incluindo mulheres e crianças, agonizando com ferimentos graves; outras sete se dividiam entre amparar os feridos e retirar passageiros do ônibus. Atônitos, pai e filho não sabiam o que fazer, e por alguns segundos ficaram sem reação.

Enquanto ainda lutavam contra a perplexidade, viram Jeferson Torrani e seu filho Everton chegarem.

– Por favor, corram para retirar os feridos do ônibus, é questão de minutos para que o veículo exploda – afirmou Jeferson para os três uruguaios que acudiam os enfermos. – Vamos ajudar vocês por aqui.

Jeferson Torrani era vizinho da família Britto. A distância entre as casas se limitava a uma rua esburacada e alguns passos. Havia completado 45 anos dias atrás, porém tinha muito pouco para se orgulhar. Colecionava brigas e golpes, estava no terceiro casamento, pai de cinco filhos, mas o único com quem mantinha contato era Everton, fruto de seu atual relacionamento e da mesma idade de Matheus. Exercia a profissão de mecânico, consertando carros de terceira linha e revendendo peças sem procedência em uma pequena sucata nos fundos de sua casa. Esquisito, tinha um bigode avantajado e uma barriga maior ainda. Os cabelos escuros, crespos e sempre engraxados, denotavam ser um homem descuidado. Observando suas atitudes, era fácil constatar que não tinha nenhum princípio.

A ordem de Jeferson, tão convicta, produziu um pânico instantâneo, fazendo com que os uruguaios abandonassem os feridos, e se unissem aos que resgatavam os passageiros do ônibus.

– Vamos, Everton, seja rápido – ordenou, olhando para o filho com expressão amedrontadora. – Faça o que te ensinei!

No mesmo instante, Matheus e Adão começaram a socorrer os feridos e gritar por mais ajuda. Pegavam na mão dos mais ofegantes e tentavam acalmá-los. Adão pressentiu que uma das mulheres não aguentaria, sua barriga sangrava demais e começava a delirar. Desesperado, tentou estancar a hemorragia pressionando o ferimento com seu próprio casaco. Mas ambos ficaram ainda mais estarrecidos com outra cena: metros adiante, Jeferson e Everton vasculhavam os bolsos das vítimas, retirando tudo que poderia ter algum valor. Ao tentar pegar o relógio de uma senhora, Everton foi surpreendido com seus gritos, mas o pai a calou com ameaças de morte, arrancando do seu punho a pequena herança que recebera da avó. Somente pararam quando ouviram as sirenes, fugindo por um caminho dentro do matagal que margeava a estrada.

Anestesiados pelos horrores, Adão e Matheus permaneceram auxiliando por mais duas horas, até que a derradeira vítima fosse levada de ambulância. Cansados e entristecidos, viram o sol nascer no trajeto de volta para casa.

– Sei que você é muito pequeno para a conversa que vamos ter – introduziu Adão –, mas não posso deixar de te aconselhar depois de tudo que vimos.

– Verdade, pai. Vamos rezar com a mãe pela vida dessas pessoas – respondeu Matheus, não imaginando sobre o que falariam.

– Você sabe que não sou um homem estudado. Até que gostaria de ter prosseguido no colégio, mas teu avô era muito pobre e precisei trabalhar cedo. No entanto, ele me ensinou a ser digno e acredito que nenhuma faculdade seria capaz de me instruir melhor sobre isso.

Enquanto os primeiros raios de sol afastavam a madrugada fria e nebulosa, pensou um pouco nas palavras adequadas e continuou:

– O que vimos hoje ficará marcado em nossas lembranças. Quero que jamais esqueça de uma coisa...

– Acho que nunca vou esquecer daquelas pessoas gritando de dor e chamando por socorro...

– Mas tem uma coisa mais importante em tudo isso.

– Como assim, pai?

– Nossas vidas são reflexos das atitudes que tomamos. Sempre temos dois caminhos a escolher.

– Não entendi.

– Vou te explicar. Enquanto nós dois estávamos socorrendo os feridos, o Jeferson e o filho dele, aquele menino que é teu colega na escola, como é mesmo o nome dele?

– É o Everton.

– Então, eles, ao invés de prestar socorro, se aproveitaram da tragédia das pessoas.

Vendo a expressão de espanto do filho, percebeu que ele o olhava com orgulho; e para Adão Britto, esse era o melhor prêmio que poderia conseguir. Respirou fundo, conteve as lágrimas e prosseguiu:

– Esses uruguaios que tiveram carteiras e joias roubadas, em breve, e com a ajuda de Deus, recuperarão a saúde e até mesmo o prejuízo que tiveram. E como você acha que eles vão conseguir isso? Por meio do trabalho, o único caminho pelo qual se adquire tudo o que precisamos. Tenho certeza que o Everton logo perderá esses valores, por culpa do pai, que furta dele a própria dignidade, e isso o acompanhará por sua infeliz existência.

– Como assim, pai? Eu não vi ninguém roubando dele, pelo contrário, foi ele que roubou dos outros.

– Presta atenção no que vou te falar e nunca esqueça isso: ele jogou fora sua decência com esse ato covarde, e tenho convicção de que quem faz isso terá um futuro cheio de sofrimento e decepção. Sou religioso, e acredito que Deus viu tudo o que ele fez. Porém, algo me preocupa ainda mais.

– O que é?

– O teu colega, com apenas seis anos de idade, presenciou tudo e ainda seguiu as ordens do pai. Ele é apenas uma criança, que também é vítima desse malfeitor, por isso temo pelo futuro dele. Quero que me faça duas promessas hoje. Pode ser?

Matheus concordou com um gesto, sentindo pena do colega, ao mesmo tempo em que relembrou as brincadeiras que tinha com a irmã.

– Primeiro, nunca faça algo que violente tua dignidade. Segundo, que na medida do teu alcance ajude o Everton no futuro, pois certamente ele terá uma vida difícil com a criação que está recebendo.

Com a promessa do filho, os dois se apressaram e retornaram para casa. Zulmira os esperava com o fogão à lenha aceso para espantar o frio. Antes de tomarem café, rezaram com as mãos dadas olhando a fotografia de Isabel e pedindo a Deus que cuidasse dela no céu.

A poucos metros dali, Jeferson e Everton chegavam em casa. Estavam embarrados, depois de rastejarem na lama para não serem vistos. Não foram pegos, pois os socorristas demoraram em acreditar que alguém seria capaz de furtar pessoas desesperadas. No início, presumiram que as vítimas estavam delirando por conta dos ferimentos, mas depois ouviram repetidos relatos de um homem com uma criança que lhes remexiam os bolsos.

Juliette, eufórica, os esperava. Era mãe de Everton e terceira esposa de Jeferson. Apesar de seus 26 anos, a aparência desleixada, aliada a seus hábitos mesquinhos e de pouca educação, com o nariz que mais parecia uma torneira e orelhas achatadas que se assemelhavam a caracóis, davam-lhe um aspecto estranho, nada atraente.

– Puta merda, por que tanta demora?

– Calma, amorzinho, você vai ver que tiramos a sorte grande. –respondeu o marido

– Vão já para o banho e se livrem dessas roupas. Parecem até dois porcos!

– Banho nada, olha o que trouxe para a minha princesa – disse, mostrando um colar de pérolas.

– Oh, meu gato, desculpa!

Vendo a joia nas mãos do marido, beijou-o, agarrando-o, não mais se importando com toda a sujeira. Fecharam a porta e transaram por quase trinta minutos. Em êxtase a cada vez que contava uma nova cédula de dinheiro, quase teve um orgasmo ao ver a quantidade de brincos, pulseiras e colares.

– Que orgulho de ti, meu marido – falou, enquanto beijava seu pescoço. Precisamos comemorar!

– Para com isso, já são 7 horas da manhã.

– Deixa de ser frouxo! – retrucou, levantando-se da cama e indo até a cozinha.

Juliette fez uma mistura de cachaça, mel e limão e beberam tudo que seus corpos aguentaram. Perto das 11 horas, quando Everton levantou da cama, viu os dois bêbados festejando ao som de uma música estridente.

– Esse é meu filho, rápido como uma águia e ágil como um coelho!

Sem compreender muito bem, ficou rindo das piadas dos pais, não entendendo o motivo de estarem com as vozes tão embargadas. Com fome, perguntou o que teria de almoço. Prontamente, Jeferson lhe deu uma pequena quantia em dinheiro e ordenou ao menino que fosse até a venda da esquina trazer cachorros-quentes e refrigerantes.

– Tá ficando adulto, meu mimoso. Já está de responsável pela casa – disse o pai.

Orgulhoso, Everton saiu com o peito estufado. Era a primeira vez que se sentia importante em seus seis anos de vida. Demorou cerca de trinta minutos para voltar com o almoço, e ao colocar o pé dentro de casa presenciou os dois dormindo, largados no meio na cozinha numa poça de vômitos e um forte odor de álcool.

"O que será que houve? ", pensou. Tentou acordá-los, mas diante dos protestos de que queriam dormir, os cobriu com um pelego e almoçou sozinho em seu quarto. Passou toda a tarde e parte da noite esperando os pais acordarem.

· ◆ ◆ ◆ ·

– Que ressaca! – disse Jeferson ao despertar.

– O que é ressaca, pai? – questionou, confuso.

– Deixa para lá, isso é coisa de adulto. Certamente, quando chegar seu tempo, vai aproveitar diversas vezes.

Ainda zonzo, acordou a companheira e comeram as sobras do que o filho havia comprado para o almoço.

E assim o tempo passou, com Matheus e Everton vendo os hábitos de seus pais e se acostumando aos seus erros e acertos. Aquelas horas gélidas e marcantes do inverno começaram a moldar o caráter de ambos.

Capítulo III

Vida que segue

O ano letivo de 1976 chegava a seu último dia. Matheus foi aprovado para a quarta série, enquanto Everton amargurava a primeira reprovação, o que se repetiria outras vezes em sua curta carreira escolar. Os dois continuavam vizinhos, residiam na cidade de Santa Maria, no centro do Rio Grande do Sul, outrora reconhecida por sua malha ferroviária. Com a decadência dos trens, ficaram os inúmeros quartéis e uma importante universidade, que formava centenas de pessoas todos os anos.

– Pena que não conseguiu, Everton. Ano que vem, tenho certeza de que vai se sair melhor – disse Matheus ao amigo, sentindo o peso da reprovação mais do que Everton.

– Deixa pra lá, confesso que detesto ir ao colégio. Meu pai estudou somente até a sexta série e não faz questão de que eu continue muito tempo por aqui.

– Não diga isso...

– Por que não?

– Ora, Everton, você precisa continuar a estudar até entrar numa faculdade. Daí vai poder ter uma vida melhor.

– Quer dizer que eu precisaria estudar mais uns quinze anos? – perguntou de forma irônica.

– Vamos ver – respondeu Matheus enquanto contava os anos nos dedos – Correto, dependendo da faculdade será mais ou menos esse tempo.

– Deus me livre, jamais perderia tanto tempo da minha vida dentro de uma sala de aula.

Matheus tentou argumentar, mas logo sua mãe chegou na sala de aula feliz com o resultado. Zulmira beijou o filho no rosto com lágrimas discretas. Conversaram por alguns minutos e vendo que os pais de Everton não apareceram, pediu permissão à professora para levá-lo consigo.

O colégio em que estudavam ficava cerca de um quilômetro de casa. Era uma típica escola brasileira custeada pelo Estado, com parcos recursos financeiros, professores mal remunerados e uma estrutura simples, em que algumas paredes sequer possuíam reboco e a merenda não tinha sabor de nada. Entretanto, tudo era esquecido pelos garotos quando estavam jogando futebol no campo da escola.

No trajeto, Zulmira finalmente começou a notar a diferença entre os dois. Recordou de quando tinham cinco anos de idade e pareciam crianças idênticas, com o mesmo pensamento, que falavam apenas sobre brincadeiras. Enquanto a fala de Everton era uma sucessão de gírias e ele sonhava em se livrar da escola; seu filho permanecia com um linguajar simples, típico das crianças, mantendo o sonho de se formar.

Era por volta das 17 horas quando chegaram em casa. Zulmira notou que os pais de Everton estavam fora, as janelas e portas, tanto da residência como da sucata, estavam fechadas, por isso resolveu preparar um café para os dois. Não tardou muito para que Adão Britto retornasse do mercado onde trabalhava. Feliz com a aprovação do filho, comprou um pote de sorvete para comemorarem.

– Olha o que eu te trouxe – disse apontando a iguaria. – É o teu preferido, chocolate e creme de baunilha – falou, logo sendo abraçado pelo filho.

– Muito obrigado, pai.

– Ora, você merece.

– Olá, tio Adão, posso comer também? – pergunta Everton, sentindo uma pontada de inveja por nunca ter sido recebido assim pelo próprio pai.

– Claro que sim, Everton. Nós gostamos muito de você.

Ao ver o menino se manifestando daquela forma, Adão relembrou a cena em que Jeferson havia furtado as vítimas do acidente, obrigando o filho a ajudá-lo naquela patifaria. Olhou nos olhos do garoto e experimentou uma mistura de revolta e tristeza pelo fato de ele ter pais tão desequilibrados. Dominado pelo que pensava, tentou enfatizar:

– Que pergunta boba é essa. Nós o amamos como se fosse da família, então, sinta-se em casa.

Envergonhado e ao mesmo tempo feliz, Everton serviu-se três vezes de sorvete e agradeceu. Somente depois das 19 horas seu pai, com ar de indiferença, atravessou a rua e foi encontrá-lo, quando descobriu a reprovação.

– Não esquenta moleque, eu mesmo rodei diversas vezes – resmungou Jeferson. – Já que não gosta mesmo da escola, preciso que me ajude a consertar o motor de um fusca.

· ◆ ◆ ◆ ◆ ◆ ·

O ano de 1976 estava se aproximando do fim. A cada dia que ia ficando para trás, o amor que os Britto nutriam pela filha morta continuava intacto, ainda que sua imagem fosse, lentamente, se desvanecendo. As noites em que Matheus acordava chorando de saudades da irmã já era passado. No conceito de Zulmira, foi Deus quem os salvou da tristeza. Tinha certeza também que o poder das orações e a grandeza do Senhor os fizeram encontrar novamente a paz. Todos os domingos frequentavam a missa e sempre oravam antes das refeições, de mãos dadas. Na verdade, meses depois do falecimento de Isabel, um padre lhes confidenciara saber que o Pai maior estava cuidando da menina. A fé e a devoção eram tantas, que essas palavras, verdadeiras ou não, trouxeram conforto para eles e fizeram com que continuassem tocando a vida da melhor maneira possível.

Na passagem do fim de ano, mesmo sendo uma sexta-feira, Adão conseguiu ser liberado mais cedo do trabalho; e chegou em casa, para a alegria de Matheus e Zulmira, com um pernil de porco assado e uma torta de morango.

– Meu Deus, pai. Tudo isso é para nós?

– Para quem mais seria? Vocês são as pessoas que mais amo nesse mundo – respondeu, entre beijos e abraços dos dois.

Ao entardecer, enquanto preparavam a ceia, ouviram alguém bater à porta.

– Adão, por acaso, está esperando alguém?

– Eu, não. Quem será? – questionou, enquanto ia ver quem era.

– Olá, tio Adão – disse Everton, envergonhado.

– Oi, meu amigo. Precisa de alguma coisa?

– É que...

Prevendo o que acontecia, Zulmira aproximou-se e interveio:

– Oi, Everton. Por que não janta com a gente?

– Não quero incomodar, parece que meu pai teve problemas, não sei o que aconteceu. Minha mãe foi procurar um tal advogado e acabei ficando sozinho em casa.

– Não se preocupe, deve ser pouca coisa. Isso acontece – afirmou Zulmira tentando disfarçar. – Pelo menos, vamos ter a tua companhia para comemorarmos juntos a virada do ano.

– Posso ficar com vocês, então?

– Claro que sim – responderam os três, sentindo pena do menino.

Foi a virada de ano mais feliz da vida de Everton que, pela primeira vez, comemorou uma data festiva sem presenciar discussões e bebedeiras.

A poucos quilômetros dali, Jeferson era levado para o Presídio Regional de Santa Maria. Envelhecera muito nos últimos dois anos. O consumo de cachaça e três maços de cigarros por dia, aliados a uma vida desregrada, davam-lhe o aspecto de um homem com mais de sessenta anos.

– De novo por aqui, velho? – indagou o agente penitenciário. Em dez anos, era a sua quinta prisão.

Um dia antes, Jeferson deu-se conta de que estava com os bolsos vazios, e dificilmente alguém o procuraria para arrumar o carro no final de ano. Precisava de dinheiro para passar a virada, pois, em seu pensamento, caso começasse o ano em desgraça, assim seria até o final. Procurou velhos comparsas e se organizaram para furtar um veículo, desmontá-lo e vender as peças para um receptador, a fim de comprar comida e champanhe. Por azar, foram presos pela polícia enquanto se deslocavam com os objetos do crime.

– Pois é, pura falta de sorte. Fui pegar uma carona e não sabia que o carro era furtado.

– Pra cima de mim, velho! Acha que sou otário? – respondeu o agente.

– É a mais pura verdade.

– Já que acha que sou besta, vou te arrumar uma cela a contento.

– Não faz isso, chefe.

– Já está feito.

Enquanto, do lado de fora começavam a se ouvir os primeiros foguetes, Jeferson, em uma cela com cerca de 9 metros quadrados, lotada de homens que fediam, olhava a única privada, sua velha conhecida. O calor, a superlotação e as moscas-varejeiras davam-lhe a certeza de que estava no inferno.

Na manhã do dia seguinte, ensopado de suor, recebeu Juliette com o advogado, que acabavam de apresentar ao diretor do presídio um Alvará de Soltura. O juiz acreditou na versão do motorista que assumiu a culpa, afirmando que Jeferson apenas pegou uma carona. Ao ver o sol nascendo longe das grades, teve um impulso de felicidade e tentou beijar a esposa na boca.

– Sai pra lá, seu trapalhão! Mas que fedor é esse, parece até que está todo cagado!

– Que isso, amor. Só fui te agradecer. Onde está o Everton?

– Pousou na casa dos crentes – disse, debochando de quem cuidava do seu próprio filho. – Vamos de uma vez para casa, daí você toma um banho e seguimos para o sítio do meu irmão.

– Opa, o que vai ter lá?

– Ora, o quê? É Ano Novo, e como sempre, vai ter churrasco, cerveja e muito samba no pé.

– Essa é a minha esposa. Por isso que te amo.

Passadas duas horas, e um pouco mais apresentável, Jeferson foi à casa dos Britto e, até que de certa forma educada, agradeceu-lhes por terem cuidado do filho, limitando-se a explicar que tivera um pequeno problema. Everton experimentou uma pontada de alegria quando viu o pai, mas, ao despedir-se de Matheus, desejou ter nascido naquele lar.

Juliette sequer atravessou a rua para agradecer, e tão logo Jeferson e o filho retornaram, encheu um isopor com cervejas e, pegando um carro da oficina, foram para o sítio. No início da festa, Everton ficou encabulado, mas vendo que todos sambavam com garrafas de bebida na mão, entrou no ritmo da dança, como se aquele fosse seu habitat natural.

Enquanto isso, Zulmira preparava o almoço, pai e filho arrumavam as sobras da noite anterior para levarem à igreja, onde, juntamente com outras famílias, distribuiriam tudo a pessoas carentes.

· ⬩ ◆ ◆ ◆ ⬩ ·

Parecia ser mais uma terça-feira normal de agosto de 1977. Zulmira terminou seu horário de trabalho e, como sempre, voltou para casa a fim de esperar Matheus com o café da tarde pronto, pois ele, com 9 anos de idade, já retornava da escola sozinho. Enquanto cortava um pão caseiro que iriam comer com manteiga e chimia de abóbora, não acreditou no que estava ouvindo e precisou aumentar o volume do pequeno rádio. O locutor repetiu diversas vezes a mesma coisa: Elvis Presley, com apenas 42 anos, havia morrido. Abalada e chorando, relembrou das incontáveis manhãs, enquanto dobrava toalhas e arrumava camas no hotel, que pareciam passar mais rápido graças às músicas do cantor.

– O que houve, mãe? Por que está chorando? – perguntou Matheus, que chegara em casa sem ser notado.

– Oi, filho, desculpa, não tinha te visto. É que acabou de falecer o Elvis Presley.

– Calma, mãe. Ao menos parte disso tem uma história feliz.

– Por nossa Senhora da Medianeira! Veja o que está falando! O que teria de felicidade na morte de alguém?!

– Ora, mãe, agora eu sei que ele está no céu cantando para a Isabel.

Ouvindo aquela afirmação, Zulmira fechou os olhos para tentar conter as lágrimas, mas não conseguiu. Sem palavras para responder, abraçou o filho por minutos até a chegada de Adão. Juntos, oraram por Elvis Presley e desejaram que Deus o recebesse, acreditando que o cantor acrescentaria um pouco mais de felicidade ao Paraíso e, consequentemente, para Isabel. Naquela noite, sorriram diversas vezes imaginando a menina na companhia do rei do rock; dormiram sentindo uma espécie tão grande de paz que pareciam levitar na cama. Na verdade, desde que descobriram a doença que a vitimou, foi a primeira vez que experimentam felicidade pensando em Isabel. Era como se o passado estivesse voltando, ou talvez fosse o poder da fé curando suas almas.

No outro dia, depois do almoço, Everton passou em frente à casa de Matheus e foram caminhando até a escola. Na esquina do colégio, alguns garotos mais velhos chamaram por Everton, e um deles tinha um cigarro na mão:

– O que eles querem contigo? – perguntou Matheus.

– São meus amigos, devem estar organizando algo.

– Organizando que tipo de coisa? – questionou, ingênuo.

– Deixa quieto, é melhor você nem saber desse tipo de coisa – respondeu, dirigindo-se ao grupo.

– Temos que ir pra aula! Outra hora você conversa com eles.

– A escola pode esperar, nem meus pais fazem questão que eu continue estudando.

Quando tentou argumentar, o amigo caminhava apressado em direção oposta à do colégio. Impressionado com a atitude de Everton, Matheus, antes de passar pelo portão da escola, olhou para trás e viu que seu amigo, segurando o cigarro com a ponta dos dedos, o tragou. "Meu Deus, ele está fumando" – Repercutiu em sua mente até ouvir o sinal de entrada e se acomodar na carteira para a primeira aula.

No restante da semana, Everton não frequentou um dia sequer a escola. Parecia que seu futuro estava determinado.

Com o passar dos meses, o ano letivo foi chegando ao fim e a cena se repetiu: Everton foi reprovado e precisaria cursar mais uma vez o terceiro ano primário, enquanto Matheus era aprovado para a quinta série como um dos melhores alunos.

. • ◆ ◆ ◆ • .

Matheus completara uma década de vida. Era 10 de janeiro de 1978 e, pela primeira vez depois da partida de Isabel, seus pais resolveram fazer uma pequena festa para comemorar a data. Por volta das 17 horas, os colegas começaram a chegar, trazendo presentes para o aniversariante. Moravam todos naquele bairro pobre; seus pais trabalhavam pesado para garantir a sobrevivência e dar uma vida digna à família.

Pouco depois do horário marcado, quase quinze convidados se espremiam no pátio da casa, decorado com balões e uma mesa para o bolo, salgados e doces. Logo cantaram parabéns e avançaram sobre a comida. Não demorou muito para que fizessem duas goleiras improvisadas e organizassem uma partida de futebol. Entre um jogo e outro, Adão e Zulmira traziam mais uma rodada de cachorros-quentes e refrigerantes. Quando começou a escurecer, os pais dos garotos, a maior parte sem carro, vieram buscar seus filhos. Por volta das 21 horas, o último colega partiu.

– Gostou da festa? – perguntou Adão.

– Nossa, pai, foi um dos dias mais felizes da minha vida.

– Nem acredito que deu tudo certo – desabafou Zulmira, que há dois dias preparava tudo, inclusive os doces e salgados. – Espero que tenha gostado mesmo.

– Adorei, mãe, muito obrigado por tudo. Vocês são os melhores pais do mundo.

Aquelas palavras encheram os dois de felicidade, e todos se abraçaram.

– Matheus... não fale assim que não aguento a emoção – disse Zulmira, tentando conter as lágrimas. – Somos felizes porque temos você, que é tudo para as nossas vidas.

Do lado de fora, Everton observava a conversa olhando pela janela. Esperou os pais de Matheus saírem de perto e, quando viu que os dois foram até o pátio, bateu na porta.

– Oi, Everton. Te esperei, por que você não veio?

Os traços de Everton estavam mudando, não se parecia mais com uma criança. Era como se as mazelas da vida e a falta de amor estivessem alterando até mesmo seu aspecto físico.

– Desculpa, Matheus. É difícil explicar, sua família sempre me tratou com tanto respeito que chego a ter vergonha de vir aqui. É que...

– Olha quem chegou! – interrompeu Zulmira. – Que bom que você veio, inclusive guardei salgadinhos e um pedaço de bolo para você. Vou lá buscar.

– Viu só – disse Everton –, nem sei como agir quando essas coisas acontecem.

Demorou apenas alguns segundos para Zulmira voltar com o prato. Encabulado, Everton agradeceu pelo carinho, abraçou o amigo e foi embora. Nessa noite, trancou-se no quarto e comeu escondido, enquanto tentava não escutar as discussões agressivas e intermináveis de seus pais.

· ◆ ◆ ◆ ·

O ano de 1978 transcorreu com poucas novidades, Zulmira continuava com seu trabalho no hotel, e Adão como auxiliar de estoque no supermercado. No entanto, os dois notavam sinais de crise na economia: Zulmira percebia a contínua diminuição de hóspedes, enquanto as mercadorias encalhavam nas prateleiras, para a surpresa de Adão. Mas os fatos que realmente chamaram a atenção deles foram a vitória da Argentina sobre a Holanda na final da Copa do Mundo e a morte do Papa João Paulo I, 33 dias depois de ser eleito. Enquanto as semanas passavam lentamente, umas iguais às outras, eles perseveravam em sua felicidade, superando aos poucos a morte da filha.

No final de mais um ano letivo, Matheus fora aprovado para a sexta série. Dos 40 colegas que começaram com ele a primeira série, restavam apenas 15. Alguns foram reprovados ao longo do caminho, outros mudaram-se com os pais, e uma pequena parte abandonou o estudo para se dedicar ao trabalho, pois a pobreza assolava cada vez mais os brasileiros.

A escola, que era pública, também mostrava sinais de desgaste: as paredes descascadas, os encanamentos furados e as carteiras quebradas. A promessa de um velho político, de que o colégio passaria a atender alunos do segundo grau, transformou-se em mera promessa já esquecida pelo diretor e professores. Por isso, quem pretendesse seguir os estudos e sonhar com uma faculdade precisaria deslocar-se por quase 10 quilômetros até o colégio que oferecesse o ensino médio.

Faltavam poucos dias para o Natal, o calor era insuportável e soprava um vento constante e quente. Contudo, parecia ser mais um dia normal de trabalho para Adão, que chegou cedo no supermercado e começou a conferir o estoque. Há mais de uma década e meia ele fazia exatamente a mesma coisa, sem nunca reclamar ou exigir aumento. Era um homem que se concentrava em dar à família uma vida digna, simples e feliz.

– Bom dia, Adão – disse o patrão.

– Olá, seu Valmor, posso ajudar o senhor em alguma coisa? – perguntou enquanto contava os pacotes de bolacha doce.

– Sim, venha até o meu escritório, pois quero conversar com você.

Vendo e expressão de tristeza do chefe, Adão teve medo. Há tempos ouvia relatos de vizinhos que perderam o emprego e acompanhava os dramas que vinham sofrendo. Ao recordar de um conhecido que vendeu a mobília da casa para lutar contra a fome, de ver outro sem dinheiro para pagar luz e água, sentiu uma pontada no estômago. Caminharam alguns metros até o gabinete do chefe, mas Adão não enxergava nada, as sombras dos seus pensamentos o cegavam.

O escritório era uma sala de dez metros quadrados, pintada de azul claro, com uma mesa cercada por quatro cadeiras de ferro desgastadas, sobre a qual estava uma Bíblia. No espaço que sobrava, havia uma pilha desorganizada de mercadorias.

– Sente, Adão, preciso ter uma conversa franca contigo – falou educadamente, apontando uma cadeira.

Ao observar a quantidade de produtos no gabinete, Adão experimentou uma onda de esperança, tendo quase certeza de que a conversa se resumiria a ordens para organizar aqueles itens.

– Há anos que não vinha até sua sala – respondeu, sua ingenuidade fazia o patrão sentir-se mal. – Como posso ser útil?

– Faz muito tempo que você trabalha para mim e nesses anos todos só me deu alegrias. Jamais faltou ao serviço, nem mesmo quando perdeu a filha, e nunca levantou a voz com ninguém ou foi deselegante com os clientes.

Adão teve vontade de chorar. Recebia o maior elogio em toda sua vida adulta, de uma pessoa que não era da família. Logo, o sentimento de pânico começou a abandoná-lo, prevendo que receberia um aumento.

– Muito obrigado, chefe. Adoro meu emprego, e é daqui que consigo sustento para minha família. Meu sonho é trabalhar para o senhor até a minha aposentadoria.

Valmor Romano era um homem com mais de sessenta anos, de estatura mediana, que tentava esconder a calvície com um penteado lateral estranho. Todavia, o que mais se destacava nele era o seu caráter bondoso. Ao longo da vida, não enriqueceu nem expandiu seu negócio além dos limites do subúrbio; preferiu ter uma vida simples, vendendo mercadorias a preço justo, para que as pessoas pudessem comprá-las com seus pequenos salários. Nessas décadas, sempre disse aos quatro filhos que seu maior legado seria garantir uma boa educação para eles e amparar os que mais precisavam naquela comunidade. De fato, conseguiu o que tanto pregou. Seus filhos formaram-se na faculdade, entretanto, nenhum deles quis tocar o negócio pouco lucrativo da família. Discordavam das ideias do pai, mas continuavam unidos.

– Confesso que pensei por diversas vezes como seria nossa conversa, mas não consigo escolher as palavras corretas.

Adão Britto percebeu o semblante triste do chefe e, no mesmo instante, o pânico recomeçou a percorrer seu corpo.

– Como deve ter notado, o movimento da empresa caiu muito nos últimos meses. Mas o pior não é isso – fez uma pausa para conter a emoção e continuou – Fui diagnosticado com câncer, tentei esconder a doença, mas o médico me disse que ela está muito avançada.

– Meu Deus, chefe! – exclamou, sem perceber.

– Refleti durante meses como agiria. Quero que saiba que lutei com todas as forças para manter o supermercado aberto, mas não me resta outra alternativa senão fechá-lo – E levantou-se emocionado.

Adão se levantou automaticamente e o abraçou, cada um tentando entender o sofrimento do outro. Valmor olhava para Adão e só conseguia pensar em como poderia garantir a ele outro emprego.

Sem saber o que falar, Adão Britto permaneceu em silêncio com os olhos marejados de lágrimas. Redobrou forças que imaginava não ter e concluiu que o seu desespero era menor do que o do patrão.

– Mas você, meu caro amigo, precisa seguir adiante e sustentar sua família.

– Sempre imaginei que terminaria minha vida trabalhando no supermercado.

– Não paro de pensar nisso, e não teria paz de espírito se abandonasse as pessoas que me serviram.

Os olhos verdes claros do homem transmitiram serenidade, e Adão experimentou alguma esperança.

– Tenho um sobrinho, ele tem 40 anos, é um famoso advogado criminalista, sua esposa é uma pessoa de coração grande. Eles compraram uma chácara perto da cidade, e estão precisando de caseiros. O que você acha da ideia?

– Preciso falar com minha esposa, mas tenho certeza de que ela irá concordar. A única coisa que me preocupa é a escola do meu filho. Nosso maior sonho é que ele continue os estudos.

– Tenho certeza de que isso não será problema, até porque meu sobrinho fará questão de que ele continue estudando.

– Então, está decidido.

– Não se afobe, nem te falei o quanto vai ganhar e quais serão suas funções na chácara.

– Desculpa – disse Adão, envergonhado.

– O sítio tem duas casas, uma que o meu sobrinho irá ocupar nos finais-de-semana e a outra em que vocês irão morar. Estive lá para ver as condições e providenciei algumas reformas – disse com um olhar bondoso. – É uma casa com dois quartos, sala, cozinha e banheiro; não tem luxo, mas é adequada para viver.

Do lado de fora, a chuva começou a cair intensamente e um trovão ecoou dentro do escritório. Ao ver a compaixão de Valmor, Adão chorou copiosamente.

– Calma, meu filho, não chore, tenho certeza de que você e sua família vão ficar bem.

– Chefe, não estou chorando somente pela minha família.

– Por que você chora?

– Choro pelo senhor. Não acredito que vai partir. Além de meu pai, foi o homem mais honrado que já conheci. Vou sentir sua falta, sempre foi tão bondoso, e até mesmo agora, diante de algo terrível, está preocupado comigo.

– Não diga que a morte é algo terrível.

– Como assim?

– Mais cedo ou mais tarde, a morte chegará para todos nós. Confesso que sofro ao saber que ela está se aproximando, mas também sinto uma espécie de paz, que não sei como explicar. A morte, Adão, é terrível somente para quem plantou o ódio, o egoísmo, a raiva. Mas quem amou verdadeiramente, não importando sua religião, será recebido de braços abertos em outra dimensão.

Tentando entender a complexidade do que ouvia, Adão continuava perplexo. Nesse momento, relembrou as cenas de Isabel caminhando de mãos dadas com Matheus e, mais uma vez, não conteve o choro.

– Eu detesto a morte. Ela levou Isabel e agora vai levar o senhor.

– Não diga isso. Sua filha era uma garota alegre. Tenho certeza de que não gostaria de te ver sofrendo. Aliás, tenho mais certeza ainda de que ela está feliz diante do Criador; e logo poderei presenciar isso. Posso te pedir uma última coisa?

– O que o senhor pedir, considere feito.

– Tenha uma vida digna e feliz com sua esposa e seu filho. Continue plantando a bondade e daí, quando a morte bater em sua porta, vai estar preparado e sentirá a mesma de paz que estou sentindo agora. Promete que fará isso?

– Prometo.

– O meu sobrinho vai entrar em contato. A única coisa que posso fazer agora é te desejar uma vida repleta de felicidade. Adeus, meu amigo.

– Adeus, saiba que jamais vou esquecer do senhor.

Os dois abraçaram-se por um momento e despediram-se.

• • ◆ ◆ ◆ • •

Duas semanas depois, Valmor, enfraquecido pelo câncer, não aguentou e sucumbiu. O funeral aconteceu no cemitério do subúrbio da cidade, seus filhos insistiram para que ele fosse velado em um local mais requintado, porém ao lerem a carta de despedida deixada, concordaram com o que ele havia pedido. Dentre os inúmeros desejos, queria ser enterrado na comunidade que tanto ajudou. Centenas de pessoas compareceram, cada uma com sua boa lembrança de Valmor, e quando o ataúde foi deixado embaixo da terra, uma salva de palmas ecoou, misturada com choros e manifestações de gratidão.

Foi nesse momento, que Adão viu pela primeira vez o sobrinho de Valmor: Heitor Romano estava ao lado do caixão com os olhos repletos de lágrimas. Advogado criminalista destacado em toda a região e também professor universitário, era um homem elegante, com 40 anos de idade, esbelto, olhos escuros que combinavam com seu cabelo crespo e vestia um terno preto. Boa parte do tempo, ficou de braços dados com a esposa, Marcela, cinco anos mais jovem do que ele, e dona de um rosto deslumbrante em que chamavam atenção seus olhos azuis. Eram as pessoas mais elegantes do funeral.

Adão sentiu-se envergonhado ao vê-lo e chegou a pensar que não o contrataria por conta da sua simplicidade.

Quando as pessoas saudavam pela última vez o falecido e aos poucos deixavam o local, Adão notou que alguém tocava suas costas:

– Olá, muito prazer em conhecê-lo. Lamento só que tenha sido em um momento tão triste – disse o advogado. – Creio que estes são sua esposa e seu filho, não é mesmo? Meu tio falava muito bem de vocês.

Zulmira e Matheus ficaram encantados com a humildade de Heitor. Ao mesmo tempo, Adão ficou tão nervoso que demorou um pouco para encontrar as palavras.

– Olá, doutor. O prazer é nosso – respondeu com voz trêmula.

– Sei que aqui não é o melhor lugar para conversarmos. Mas preciso falar com vocês. Ficariam chateados se eu e minha esposa fôssemos até sua casa?

– Seria uma honra recebê-los – interveio Zulmira, notando que o marido estava nervoso.

– Por favor, me deem alguns minutos para me despedir dos primos e da tia.

Heitor abraçou os familiares e sussurrou para sua tia que iria seguir as instruções do tio em relação à família Britto. Entristecida, ela beijou o rosto do sobrinho como gesto de gratidão.

Enquanto isso, Marcela conversava com Zulmira e Matheus, tentando deixá-los mais à vontade. Ao retornar, Heitor disse:

– Podemos ir, então?

– Claro que sim, doutor – respondeu Adão.

– Vocês estão de carro? – perguntou Marcela.

– É que não temos carro – disse Zulmira, encabulada.

– Então, será um prazer que venham de carona conosco.

Quando Matheus embarcou no assento traseiro do veículo, sentiu uma onda de felicidade. Prestes a completar 11 anos, era a primeira vez que andava em um carro. Até então, sua vida estava restrita da casa ao colégio, e quando muito visitava algum colega que morava nas redondezas. Pela janela, olhava as paisagens se distanciando em uma velocidade, para ele, extraordinária.

Em poucos minutos, estacionaram em frente à casa. Zulmira abriu a porta e os convidou a entrar:

– É uma casa simples, mas gostamos muito dela. Fiquem à vontade.

– Muito obrigada – respondeu, Marcela.

Heitor era um homem de família abastada, que aproveitou a condição de seus pais e formou-se, ainda jovem, em direito. Mesmo assim, conhecia a realidade das famílias brasileiras e ao longo da vida aprendeu a discernir o caráter das pessoas. Seu tio havia recomendado aquela família, afirmando que eram honestos e trabalhadores, além de excelentes pais. Todavia, seu tio considerava quase todo mundo pessoas decentes, por isso preferiu conferir de perto, pois para ele nada melhor que observar os pormenores da casa de alguém, acrescentando uma conversa minuciosa.

– Por favor, poderia tomar um copo de água? – perguntou Heitor.

– Mil desculpas, claro que sim – falou Zulmira, levantando-se do sofá na direção da cozinha que ficava grudada na sala de estar da casa. O advogado a acompanhou até a geladeira.

– Não se preocupe, eu levo a água até o senhor.

– Ah, sim. Perdoe–me, é que não quero dar trabalho.

– Imagina, doutor. É um prazer servi-lo.

O advogado já havia dado alguns passos e conseguiu observar a geladeira. Na verdade, o que pretendia descobrir era se tinha algum tipo de bebida alcoólica na casa. Heitor não suportava homens bêbados. Então, ficou aliviado ao não encontrar nenhuma garrafa. Tomou um gole da d'água, agradeceu e voltou para o sofá.

– Pois bem, vou direto ao assunto: gostaria de saber se estão dispostos a trabalhar em minha chácara. Eu a comprei faz pouco, e preciso de uma família para morar por lá. A propriedade fica a alguns quilômetros daqui.

Eles ouviam cada palavra com relativo temor. A ideia de que precisariam mudar de vida deixava-os inseguros. Durante as últimas semanas, depois da conversa que teve com Valmor, Adão procurou emprego em diversos estabelecimentos, porém estava cada vez mais difícil encontrar um trabalho digno no final da década de 1970, pois a economia estava perto de um colapso. Na televisão, falava-se do perigo da dívida externa, mas Zulmira e o marido nem imaginavam do que se tratava.

– Temos interesse, sim – respondeu Adão, dominado pelo medo de ficar sem emprego.

– Então, caso nos acertemos, tenho apenas uma condição.

– Qual? – perguntou o casal ao mesmo tempo.

– Se forem trabalhar comigo, vou exigir que Matheus continue os estudos; e, caso aceitem, providenciarei uma escola para ele.

– E não vamos abrir mão disso – reforçou Marcela. – Aliás, se depender de nós, ele vai cursar também a faculdade que escolher.

"Meu filho vai cursar uma faculdade", pensou Zulmira e lágrimas começaram a derramar de seus olhos. Tentou conter a emoção, mas logo o casal notou o que se passava.

– O que foi? Dissemos alguma coisa que os ofendeu? – questionou Marcela.

– Me desculpe... São lágrimas de alegria, o nosso maior desejo é de que o Matheus curse uma universidade... mas às vezes parece um sonho tão distante...

A humildade de Zulmira encantou Heitor. Ele e Marcela não tinham filhos, mas há anos insistia, inutilmente, com seu irmão caçula para que ele prosseguisse nos estudos. O rapaz, contudo, aferrava-se cada vez mais ao vício da bebida.

– Vamos falar da parte prática, então – interveio Heitor – Por favor, corrijam–me se eu falar algo incorreto. Pelo que meu tio me contou, o senhor ganhava um salário mínimo e meio e a sua esposa mais um salário no hotel. Está correto?

– Sim, senhor – respondeu Adão.

– Estou disposto a pagar três salários mínimos a vocês, além da moradia. Creio também que se cultivarem a horta e cuidarem das galinhas, poderão tirar boa parte da alimentação. Óbvio também que não precisarão pagar água e luz, porque será tudo por minha conta.

Não tendo alternativa, o casal fez um sinal de que aceitariam.

– Temos apenas uma dúvida, doutor. E gostaria que pudesse nos ajudar? – disse Adão.

– Opa, diga lá – respondeu o advogado, mais descontraído.

– É a nossa casa, o único bem que temos, e não sabemos o que vamos fazer com ela. Temos medo de abandoná-la, pois já escutei relatos de casas que foram invadidas.

– Entendo a tua preocupação. Tenho um amigo, de inteira confiança, dono de uma imobiliária. O que acham de alugar a casa?

– Creio que seria uma boa ideia – respondeu, olhando para a esposa, que concordou. – Então, quando começamos?

– Depende só de vocês – interveio Marcela. – Se quiserem, já pode ser amanhã mesmo.

– Seria possível nos dar uma semana para organizarmos as coisas? Preciso também falar com o dono do hotel, mas acredito que, com as dificuldades que o negócio está enfrentando, será um alivio ter uma funcionária a menos.

– Acertado, então.

– Outra coisa: como iremos até a chácara?

– Nos levaremos vocês até lá, e contratarei um caminhão para a mudança, enquanto isso falarei com o meu amigo para que alugue a casa de vocês o quanto antes possível. Pode ser?

– Pode, sim, doutor – disse Zulmira.

– Desculpe, já ia esquecendo: estou aqui com um cheque do valor da tua rescisão. – falou Heitor olhando para Adão.

– Rescisão? Do que se trata?

Heitor olhou bem nos olhos do homem com quem falava e percebeu sua bondade, sua inocência. Mesmo tendo trabalhado em uma só empresa, não sabia dos seus direitos, era um homem desprovido de ganância.

– São os seus direitos trabalhistas. O tio fez questão que eu lhe entregasse em mãos – falou, dando-lhe o cheque – E mais: ele abriu uma poupança com a quantia de dez salários mínimos em favor do Matheus, para que ele tenha uma reserva chegando à vida adulta.

Encantados com o que ouviram, tiveram vontade de abraçar o advogado e sua esposa. Contudo, a vergonha soou mais alto e contentaram-se em agradecê-los com palavras. Conversaram mais um pouco e acertaram os detalhes da mudança, para então despedirem-se.

· ◆ ◆ ◆ ·

O caminhoneiro encarregado de fazer o transporte da família Britto enfrentou sérios problemas conjugais e acabou detido na delegacia por agredir a mulher que o traía com um vizinho perneta. Por conta dessas trapalhadas, a mudança atrasou. O mal-amado motorista retardou a diligência em dois dias, e estacionou o caminhão na frente da residência dos Britto somente no décimo primeiro aniversário de Matheus, dia 10 de janeiro de 1979.

Desolado pelas guampas, o homem até que foi muito bem–educado e desculpou-se pelo atraso, inventando uma história de que um de seus filhos teve problemas de saúde. Foi tão convicto que se não fosse pelas fofocas, que costumavam se espalhar mais rápido do que o vento na cidade de Santa Maria, Adão e Zulmira teriam acreditado naquela versão sem a mínima desconfiança.

Os móveis já estavam prontos para serem carregados e não demorou mais de três horas para estarem acomodados no caminhão. Logo, os vizinhos que já sabiam da mudança, foram aos poucos se aproximando. Eram todos típicos sul rio–grandenses do final da década de setenta: vivendo na periferia, pobres, pagando suas contas como se esse fosse um gesto de triunfo, jamais perderam o otimismo, a confiança em seu próprio valor e seguiam as regras morais herdadas de outras gerações, o que significava não apenas lutar para que nenhum membro da família passasse fome, mas também se mostraram extremamente solidários uns com os outros.

Foram muitos os abraços que receberam, e não eram raras as cenas em que as pessoas embaraçavam seus olhos de lágrimas. Selaram-se promessas de manterem a longa e duradoura amizade que sempre tiveram.

Em meio a tudo isso, Matheus estava perdido em seus pensamentos. Ao ver a casa sem mobílias, experimentou um vazio dentro do peito, nem parecia verdade que há exatamente um ano, o mesmo lugar em que no momento reinava o vazio e o silêncio, estava repleto de amigos comemorando seu aniversário. Agora, ao completar 11 anos, deixava-se levar por sentimentos desconhecidos ao despedir-se do único lugar em que vivera, além de não conseguir prever o próprio futuro.

Antes de se despedir, Matheus sentou-se no chão do seu quarto, olhou para o Sol que brilhava no forte calor do verão e rememorou quantas vezes observara a Lua naquela mesma posição, logo depois do falecimento de sua irmã. Nessas noites, ele agradecia a Isabel por ter lhe feito companhia em tantos bons momentos. Desta vez, fechou os olhos e rezou: "Anjinho da guarda, meu amiguinho, leve–me sempre para um bom caminho". Mesmo no futuro, em seus anos de fama, Matheus nunca soube explicar o poder daquelas palavras.

Levantou-se, andou alguns passos em direção à rua e deparou-se com velhos vizinhos e colegas de aula que vinham abraçá-lo, despedindo-se de maneira emocionada. Quando estava para entrar no caminhão, e finalmente dizer adeus àquele lugar, sentiu um suave toque em seu ombro. Everton, de longe, acompanhara toda a mudança, desde a chegada do caminhão, mas havia esperado a maioria das pessoas se afastarem para se aproximar, como se sentisse vergonha de ser visto pelos outros.

– Acho que vou perder meu único amigo! – disse, tentando esconder a emoção.

– Oi, Everton. Estava pensando que não viria me ver.

– Desculpa a demora, é que não me sinto bem em ver você ir embora.

Os dois amigos se olhavam como se não encontrassem o que precisava ser dito. Apesar de terem a mesma idade, era evidente a diferença dos caminhos que trilhavam desde os primeiros momentos de vida.

– Eu te trouxe um presente – falou Everton, entregando-lhe um pequeno chaveiro com a imagem da Virgem Maria. – Sei que são religiosos, e ontem comprei pra você. Não esqueça: sempre serei teu amigo.

Os olhos de Matheus não contiveram as lágrimas e, sem conseguir responder, abraçou Everton e entrou no caminhão, que partiu deixando um rastro de fumaça.

A viagem até a chácara do advogado durou menos de trinta minutos. Estava localizada em Itaara, pequena serra pertencente à cidade de Santa Maria, região repleta de cascatas e uma flora muito diversificada, que anos mais tarde tornou-se um município.

No trajeto, a família olhava encantada a paisagem; e quando o caminhão chegou ao ponto mais alto, de onde era possível ver as construções da cidade, o motorista parou o veículo para que eles apreciassem a beleza do contraste entre a exuberância da natureza e a frieza dos prédios distantes.

Quando o motorista abriu o portão da propriedade e começou a percorrê-la, Matheus ficou encantado. Ninguém da sua família jamais havia se deparado com algo semelhante: era como se estivessem entrando em um lugar mágico; a pobreza do bairro em que haviam vivido começava a ficar no passado.

– Olha ali, mãe – gritou Matheus, apontando para a piscina.

– Nossa Senhora da Medianeira – falou Zulmira– Nunca achei que veria tanto luxo.

Na verdade, eles nunca haviam visto uma piscina, a não ser pela televisão ao assistirem novelas. A felicidade daquela família fez o motorista, por breves instantes, esquecer a inusitada traição de sua esposa. Andaram com o veículo por mais alguns metros e pararam diante da casa principal, residência imponente, de dois andares, com uma enorme porta de madeira repleta de detalhes esculpidos. Ao entrarem, ficaram boquiabertos: a sala de estar com pé direito alto esbanjava móveis requintados e ao mesmo tempo modernos. O sol do meio-dia entrava pelas amplas janelas e ressaltava o colorido dos tapetes, das almofadas de seda, e a madeira escura que revestia parte das paredes. Sobre a enorme lareira, havia porta–retratos que mostravam as diferentes gerações da família.

Sem saber o que fazer, Adão ficou algum tempo em silêncio, até que decidiu conhecer a casa onde iriam morar. Caminharam cerca de trinta metros até o local, chegando a uma residência bem mais simples, porém digna: o imóvel fora pintado recentemente e tudo estava limpo. Após analisar cada canto da sua nova casa, Zulmira, satisfeita, teve um pressentimento de que seriam felizes nessa nova fase de suas vidas. Além disso, o novo lar era mais acolhedor: cercado por flores e ouvia-se o variado canto dos pássaros.

Passava do meio da tarde quando acabaram de descarregar os móveis e despediram-se do motorista, que voltou a apresentar o desconsolo da traição. Antes de entrar no veículo, deu uma última olhada na família Britto e sentiu uma ponta de inveja ao vê-los felizes.

No centro da sala, havia um envelope fechado, e Adão o pegou:

– Que será isso? – questionou.

– Ora, amor, é uma carta endereçada para nós. Abre de uma vez! – respondeu a esposa.

Um tanto trêmulo, abriu o envelope pardo e começou a ler para si mesmo as instruções.

– Leia alto, quer nos matar de curiosidade? – disse Zulmira.

Matheus observava a tudo com um misto de admiração pelos pais e de curiosidade. Logo, Adão começou a ler em voz alta: "Sejam muito bem-vindos, espero que tenham gostado da casa. Como podem perceber, os armários na cozinha têm mantimentos, fiquem à vontade em preparar a comida de vocês. Pelo final da tarde, chegaremos na chácara para abraçá-los. Assinado: Marcela Romano".

– Onde estão os mantimentos? – questionou Matheus. – Estou morrendo de fome!

Zulmira, muito embora tivesse analisado cada canto da casa, ainda não tinha reparado nos armários da cozinha, e quando seu marido os abriu, ficaram espantados. Nunca haviam visto tanta comida, e antes que o filho pegasse um pacote de bolacha doce para comer, sentaram-se nas cadeiras da cozinha, de mãos dadas, rezaram um Pai Nosso e agradeceram. Nesse exato momento, o temor de Adão, de que sua família passasse pela dor e humilhação da fome, desapareceu por completo. Enquanto a matriarca cozinhava, pai e filho foram caminhar pela chácara. Encantados por tudo o que viam, foram surpreendidos com um pássaro que descansava no galho de uma das árvores.

– Olha lá pai, o que é aquilo?

– É um tucano. Fazia muitos anos que não via. Meu avô sempre falava que era sinal de boa sorte avistá-lo.

Admirados com a exuberância e as cores do animal, continuaram a observá-lo por mais alguns segundos, até o momento em que levantou voo e desapareceu no horizonte. Seguiram caminhando até os limites da propriedade, que tinha cerca de 30 mil metros quadrados. Quando voltaram, Zulmira já os esperava com o almoço. Havia preparado macarrão com molho de tomate; e, ainda eufóricos, fizeram a refeição conversando sobre as paisagens da nova moradia.

Era por volta das 18 horas quando o ronco do motor do carro chegou aos ouvidos da família Britto. No mesmo instante, foram em direção aos novos patrões.

– Olá, espero que tenham gostado daqui – falou Marcela, abraçando Zulmira.

– Gostamos demais – responderam os três ao mesmo tempo.

Marcela era uma mulher encantadora. Parecia iluminada por uma energia que emanava jovialidade. Depois do segundo aborto natural, ela e o marido decidiram não ter filhos, mas nem isso foi capaz de lhes tirar a magia da vida. Heitor vestia terno e gravata, era uma quarta-feira, e saiu direto do trabalho. Ao descer do carro, carregava uma torta e começaram a cantar os parabéns a Matheus. Hipnotizados com a ternura do casal, a família Britto não sabia o que fazer.

– Acharam mesmo que iríamos esquecer? – disse Marcela.

– Vamos entrar e comer esse bolo – completou o advogado.

Quando entraram na cozinha da casa principal, Zulmira surpreendeu-se com a quantidade de utensílios, mas o que mais a impressionou era a simplicidade com que eram tratados. A própria Marcela cortou e serviu as fatias da torta e, depois de comerem, preparou um chá. Por mais de uma hora, conversaram e, de forma amigável, deram as instruções das tarefas que precisariam fazer. Comparando com suas responsabilidades no supermercado e no hotel, o casal teve a nítida impressão de que os novos compromissos seriam bem mais suaves. Depois disso, Marcela e Heitor partiram.

– Nunca na minha vida imaginei que conheceria pessoas tão chiques e acolhedoras – falou Zulmira.

– Muito menos eu – respondeu o marido.

Depois de lavarem a louça e recolherem o lixo, retornaram até sua nova residência. Ligaram a televisão e assistiram as notícias do jornal, comeram o que havia sobrado do almoço e agradeceram a Deus pela nova vida que Ele lhes havia proporcionado. Envoltos por uma paz silenciosa, foram dormir.

Foi a primeira vez que Matheus sonhou em ser advogado. Imaginou como se sentiria realizado vestindo um terno e gravata, e ainda por cima sendo chamado de doutor. Mesmo sem saber direito a função que desempenha um defensor, foi até a janela de seu quarto e desejou, do fundo do seu coração, ter a mesma profissão de Heitor.

Os dias foram passando. No primeiro mês, a única notícia que tiveram da antiga vida, foi quando receberam o aluguel da casa onde residiam. Segundo o locatário, o prédio onde funcionava o supermercado havia sido vendido e ali agora funcionava um depósito de gás. Infelizmente, alguns funcionários do supermercado não conseguiram novo emprego e vagavam pelas ruas à procura de um trabalho digno.

O calor do verão parecia mais ameno em meio à natureza da chácara, e a volta às aulas estava próxima. Matheus havia se matriculado na sexta série em um colégio municipal, que ficava distante cerca de dois quilômetros. Um ônibus antigo estacionava nas proximidades da sua casa e, em poucos minutos, já estava na sala de aula. Era um prédio antigo, com paredes descascadas pelo tempo. Porém, um local decente para estudar. Não demorou muito para se habituar aos novos colegas.

As raras vezes que Adão e Zulmira saíam da segurança da chácara era quando iam fazer pequenas compras em um bazar que vendia de tudo, e também quando iam às missas de domingo, na Igreja Católica da localidade. A rotina de trabalho era simples: Adão levanta ao nascer do sol e cuidava dos jardins, enquanto sua esposa limpava a casa principal, deixando-a impecável. Depois, esperavam a volta de Matheus para, juntos, almoçarem. No período da tarde, o casal trabalhava na horta e na criação de galinhas, de que eles mesmos se beneficiavam. Quando as primeiras estrelas começavam a surgir, recolhiam-se em casa para tomarem chimarrão e ouvirem o rádio. Assim, com uma vida singela e longe das armadilhas da ganância, eram felizes.

· ◆ ◆ ◆ ·

Não muito longe dali, no primeiro mês do ano escolar, Jeferson havia ficado detido mais uma vez no Presidio Regional de Santa Maria. Dessa vez, passou mais tempo por conta de sua extensa ficha criminal, aliado ao fato de ter sido preso em flagrante comercializando peças de carro roubadas. Foi a primeira vez que Everton foi até a prisão visitar o pai.

Era a segunda quinta-feira de março de 1979, quando chegou ao presídio na companhia da mãe. Esperaram, por cerca de uma hora, até serem atendidos por um carcereiro:

– Quem são vocês? – perguntou seco, não tirando o cigarro da boca.

– Eu sou esposa e ele é filho de um detento! – respondeu Juliette, como se estivesse vangloriando-se da situação.

– Quem é o vagabundo? – questionou.

– Ele não é vagabundo! Pelo contrário, é uma pessoa direita – respondeu tentando conter a raiva. A vontade que tinha era cravar suas unhas na cara do sujeito, mas conteve-se.

– Ora, então ele está aqui por ter rezado demais – argumentou soltando pequenos risos. – Não vou perguntar de novo, como é o nome dele?

– Jeferson Torrani – respondeu, sem mostrar os dentes.

Depois de serem revistados e mostrarem os documentos que comprovavam o parentesco, foram liberados. Caminharam por cerca de vinte metros até uma pequena sala destinada às visitas familiares. O cheiro lembrava algo podre e acomodaram-se em duas cadeiras, mas antes tiveram que espantar as baratas para conseguirem sentar sem esmagá-las.

Jeferson estava prestes a completar meio século de vida. Todavia, sua aparência era a de um homem bem mais velho. Quando surgiu com o cabelo raspado e sem o tradicional bigode, Juliette não segurou a língua:

– Que isso! Como você está feio! – falou dando risadas.

– Que recepção! – argumentou, tendo vontade de socá-la na frente do filho – O que você trouxe pra mim? – respondeu, antes de dirigir-se a Everton.

– O que deu para comprar! Duas latas de salsicha e quatro pacotes de bolacha doce.

– Só isso? Pelo amor de Deus! O que você fez com o dinheiro que mandei te entregar?

– As coisas não estão fáceis. Não vai falar com o teu filho? – perguntou, não porque estava preocupada com Everton, mas para trocar de assunto e não precisar se explicar.

– E aí, filhão! Como você tá? Estava com saudades de ti.

– Tudo bem, pai. Quando você vai sair desse lugar?

– Não te preocupa, logo, logo estarei em casa. É só questão de tempo para o meu advogado provar a minha inocência.

Conversaram por cerca de vinte minutos e foram interrompidos por gritos de um agente penitenciário: "Tá na hora de picarem a mula, saiam já daí". E sem argumentarem, não restou alternativa senão irem embora.

Everton tinha completado 11 anos dias atrás. Foi a primeira vez de muitas que o próprio pai havia esquecido a data do seu aniversário. A passos lentos, foi saindo da arquitetura assombrosa do presídio, com suas grades e portas de ferro, deixando todos enclausurados em meio a baratas, ratos e percevejos. O lugar era o mais próximo das histórias que os professores de religião contavam sobre o inferno.

Naquele mês, Everton apareceu apenas dois dias na sala de aula, e sua mãe sequer percebeu. Juliette, na verdade, aproveitava a estadia do marido no cárcere para dedicar-se ao prazer da companhia de amantes mais jovens, sem a menor preocupação de ser flagrada pelo marido.

No começo de abril, finalmente Jeferson conseguiu sair da cadeia, e quando chegou em casa deparou-se com um local quase tão sujo quanto o presídio, além da geladeira sem mantimentos.

– Estou morrendo de fome, mulher – disse ao chegar.

– Não vê que eu estava dormindo? – respondeu deitada no único sofá da sala com a televisão ligada.

– Mas são 4 horas da tarde!

– Até parece que agora tem hora para dormir!

– Onde está o Everton? Que sujeira, levanta esse rabo e vai limpar a casa, sua capivara preguiçosa! – falou dando-lhe um tapa na cabeça. – Vamos, isso aqui parece um chiqueiro.

Por conta do medo e da bagunça, Juliette passou o resto da tarde varrendo o chão, lavando a louça e limpando os móveis. No período em que esteve livre do marido, Juliette percebeu que sentia apenas aversão por ele e nada mais. Everton chegou ao entardecer:

– Fala, campeão! – exclamou Jeferson. – Como prometido, cá estou. Falei que meu advogado ia provar minha inocência.

– Olá, pai. Ainda bem que voltou – respondeu num tom de voz triste.

Na verdade, Everton sentia falta do pai não tanto por sua ausência, mas pelo estado em que a casa ficava: faltava comida e sobravam tocos de cigarro espalhados nos cinzeiros fétidos. Durante o dia, perambulava pela rua com "amigos" que davam pequenos golpes e batiam carteiras nas paradas de ônibus. Foi quando começou a expandir suas fronteiras do subúrbio rumo ao centro de Santa Maria. A distância era de alguns quilômetros, mas as diferenças sociais, verdadeiros abismos.

Por incrível que pareça, até completar 11 anos, Everton jamais tinha saído do bairro onde vivia e o percurso mais longo que havia feito foi ao visitar seu pai na prisão. Se não fosse pelas novelas, que de vez em quando assistia com a mãe, sequer saberia que existiam piscinas nas casas de quem tem dinheiro ou elevadores que poupam as pessoas de subirem as escadas nos prédios.

Uma semana após completar onze anos, como de costume, deixou de ir à escola. Caminhando, chegou à esquina onde havia um armazém que vendia de utensílios domésticos a martelinhos de cachaça e encontrou seus falsos amigos. Um deles, o mais velho do grupo, tinha em mãos passagens interurbanas que há pouco conseguira retirar do bolso de um idoso e resolveram ir até o centro da cidade.

No trajeto, Everton parecia anestesiado. Era como se o mundo estivesse sob seus pés. Tinha a impressão de penetrar em outro universo, onde casas de luxo e prédios de diversos andares surgiam como cenários de novela.

O ônibus estacionou na parada principal da Avenida Rio Branco, outrora reconhecida pela beleza da arquitetura art déco, perdendo apenas para a cidade de Miami, nos EUA. Entretanto, a decadência da malha ferroviária, que impulsionava a região, atingia também os prédios e casas da avenida.

Tião Santos Nowak, com 15 anos, liderava o grupo de cinco jovens. Seu avô paterno era um polonês que fugiu dos horrores da Grande Guerra. Contudo, chegando ao sul do Brasil, conseguiu prosperar até o casamento do caçula, mesmo sem grandes facilidades. Segundo o que dizia, era trabalhador e cumpridor de seus deveres. Teve três filhos, porém nem mesmo os exemplos de intolerância dos nazistas foram capazes de abrir seu horizonte, e quando um dos filhos, o pai de Tião, casou-se com uma mulher negra, jamais voltou a conversar com ele. O racismo foi como uma maldição em sua vida, que o fez descarregar sua raiva em incontáveis garrafas de cachaça. "Não acredito que meu filho se casou com aquela impura", gritava nos armazéns, enquanto gastava o que havia acumulado durante toda a vida. O resultado não poderia ser diferente: morreu de cirrose e foi enterrado na ala dos indigentes. A maldição do racismo foi grande, a ponto de fazer o pai de Tião culpar a esposa pela desgraça, mesmo sabendo que ela era apenas uma vítima dos absurdos de um polonês que se acovardara diante da Guerra.

Após terem o único filho, a pobre mulher teve de aguentar ofensas diárias que a culpavam pela morte do sogro, mas não durou muito. Quando Tião havia completado 5 anos, seu pai foi morto em uma briga de bar. Não houve culpado, pois o homem que o matou agiu em legítima defesa.

Sem pai e sem contatos com os outros dois tios, que voltaram à Polônia por conta da vergonha do alcoolismo dos falecidos, Tião submergiu a uma vida de miséria. Por falta de opções de trabalho, a mãe começou a se prostituir. Segundo o padre que realizou a extrema unção, a pior coisa na vida dessa mulher foi deitar-se com homens nauseabundos e agressivos, ainda que jamais tenha perdido o amor pelo filho, sofrendo sempre que o via chorar pela dor da fome. Décadas mais tarde, um estudante de história da Universidade de Santa Maria baseou seu doutorado no caso da família de Tião e tirou nota máxima por ter demonstrado as consequências da intolerância racial e seus resultados dramáticos.

Obrigado a sobreviver, o jovem Tião viu nas ruas a única forma de trabalho, e quando vislumbrou Everton perambulando pelo subúrbio da cidade e foi informado por amigos da sua história – o pai presidiário, criminoso reincidente e os próprios atos de delinquência de Everton – enxergou um colega para a prática de ilícitos.

Liderados pelo órfão, os cinco garotos caminhavam observando possíveis vítimas. Depois de andarem algumas quadras, Tião puxou conversa com seu novo associado:

– E aí, Everton, já roubou algum trouxa?

– Que tu acha? – devolveu a pergunta, vangloriando-se.

– Tu é que tem que dizer. Para de lorota e responde logo!

– Já roubei até de morto, então não me vem com pergunta boba – e detalhou seu primeiro crime com o pai.

Para Everton e os outros quatro rapazes, roubar de mortos e feridos era um exemplo nobre a ser seguido.

Circularam pelo centro da cidade até a noite chegar. Como resultado, conseguiram algumas carteiras, correntes e brincos. Dividiram o lucro, sendo a maior parte para o líder e se separaram para não chamar a atenção. Quando caminhava rumo à parada de ônibus, Everton deparou-se com a famosa Confeitaria Copacabana e viu na vitrine doces e salgados que nem sequer no maior de seus sonhos imaginou existir. Do lado de fora, ficou observando uma família bem vestida tomando chocolate quente com chantili, sendo servidos por um homem vestido de preto e branco. O gerente, uma pessoa distinta, viu a tristeza do pobre rapaz e, sem saber que se tratava de um ladrão, por piedade, deu-lhe uma massa folhada. Ao colocar na boca a iguaria, Everton teve a melhor sensação de sua vida. No entanto, quando relembrou de sua realidade, vendo ao mesmo tempo tantas pessoas felizes e bem arrumadas, a alegria transformou-se em uma revolta que o atordoou por boa parte da vida.

Dominado pelo ódio, embarcou no ônibus rumo à sua realidade: a pobreza do subúrbio.

Capítulo IV

Seguindo o caminho trilhado

Ao entardecer, a família Britto recolheu-se. Enquanto Zulmira preparava o jantar, Adão esquentava a água e providenciava o chimarrão. Matheus acabara de ligar a televisão e todos ouviam sobre a inauguração do Museu Afro-Brasileiro em Salvador. Era 7 de janeiro de 1982, faltavam menos de 72 horas para Matheus completar 14 anos; nesse mesmo dia completariam 3 anos vivendo na chácara. Durante esse período, a felicidade fez com que se isolassem do mundo exterior.

Matheus tinha acabado o ensino fundamental e, de certo modo, estava perdido, pois o colégio mais próximo não oferecia o ensino médio, disponível 15 quilômetros distante, o que desencorajava a maioria dos jovens da localidade de Itaara a continuar os estudos. Muito embora pensasse nisso na maior parte do tempo, faltava-lhe coragem de tocar no assunto com seus pais.

Dois dias depois, no sábado pela manhã, Heitor Romano chegou com a esposa sem avisar. A primeira coisa que avistou foi Matheus aguando as flores do jardim:

– Está vendo isso, amor – disse Marcela.

– Claro que estou vendo. São 7 horas da manhã e o garoto já está trabalhando, em pleno sábado.

O casal decidiu que não teriam filhos, porém tal escolha e a falta de um herdeiro, talvez tenha aflorado neles uma vontade de se aproximar mais daquele jovem que parecia tão dócil.

– Eles trabalham conosco há 3 anos e nunca foram motivo de preocupações – afirmou Marcela. – Pelo contrário, sempre foram excelentes.

– Você tem toda a razão, tivemos sorte em contratá-los.

– Nossa Senhora! – falou em tom alto.

– O que foi mulher? Está tudo bem? – questionou, assustado.

– Nós prometemos a eles que o Matheus seguiria estudando.

– Sim, eu sei disso. Pelo que me consta, ele ainda está na escola.

– Deixa de ser distraído, Heitor. O menino foi aprovado e completou o ensino fundamental.

– Tá, e daí?

– Como você é desligado! Não existe ensino médio aqui na redondeza. Como é que o garoto vai até a cidade estudar sem a nossa ajuda?! – desabafou, quase perdendo a calma.

– Confesso que não tinha pensado nisso!

– Então, dê um jeito de arrumar escola para o menino. Teu tio iria se remoer no caixão se esquecêssemos disso.

– Até parece que você não me conhece! – respondeu, em tom orgulhoso.

– Claro que te conheço. Sei o quanto és bondoso, mas também sei o quanto és desligado para assuntos que não são do teu trabalho.

Nesse momento, Heitor estacionou o carro na frente da casa principal, e quando foi pegar uma pequena mochila no porta–malas, viu que o garoto se aproximava:

– Bom dia, Dr. Heitor. Olá, Dona Marcela. Por favor, deixa que eu carrego a bagagem para o senhor.

Aquelas palavras cortaram o coração dos dois. Foi a primeira vez em que o casal sentiu verdadeiro afeto pelo menino, sentimento que perdurou até os últimos dias de suas vidas. Matheus carregou a mochila até a sala da casa, colocou-se à disposição para o que precisassem e voltou a trabalhar no jardim.

– Nossa Senhora, Marcela.

– O que foi que aconteceu? – disse assustada.

– Como foi que você esqueceu? Quanta insensibilidade! – ele questionou, feliz como uma pequena espécie de revanche.

– Esqueci do quê?

– Amanhã é o aniversário do Matheus. Não quero crer que não foi capaz de comprar uma lembrança sequer! – exclamou, vangloriando-se por ter lembrado da data e ela não.

– Tem razão, mas pode ter certeza de que vou dar um jeito nisso! – afirmou. – Por isso que continuo te amando.

Os dois começaram a se beijar e foram para o quarto.

No dia seguinte, as primeiras gotas de chuva começaram a cair logo no amanhecer, e quando parecia que uma pequena tormenta iria se formar, o sol surgiu radiante. Pouco antes do meio-dia, Marcela caminhou até a casa da família Britto:

– Tudo bem, Zulmira?

– Por favor, entre.

Marcela notou que a empregada preparava um bolo de chocolate; e ao pensar que aquele seria o único presente de aniversário que daria ao filho, experimentou uma espécie de dor. Desviou o olhar, e perguntou:

– Onde estão os rapazes?

– Ah, eles estão limpando a horta, mas já devem estar voltando, logo o almoço vai estar pronto – disse, apontando para duas panelas sobre o fogão a lenha. – A senhora quer que eu chame eles?

– Na verdade, gostaria muito que vocês três nos dessem uma ajuda lá em casa. Seria possível?

– Claro que sim, Dona Marcela. Vou até a horta chamar eles agora mesmo – respondeu, enquanto tirava as panelas de cima do fogão.

– Ok, combinado.

Ao virar as costas, Marcela impressionou-se com a simplicidade de Zulmira. Em pleno domingo, na hora do almoço e no dia do aniversário do filho, sequer teve uma mínima expressão de desagrado ao ser chamada para trabalhar. "Eles realmente merecem toda a atenção da nossa parte", pensou. Na verdade, jamais tratou mal seus funcionários, mas, durante os últimos três anos, mantinham pouco contato com eles, porque o trabalho e Heitor, que se tornava um advogado cada vez mais requisitado, os impedia de frequentar a chácara.

Foi o tempo de Matheus e Adão se lavarem para, junto com Zulmira, tocarem a campainha da casa principal.

– Entrem, a porta está destrancada! – gritou Heitor.

Ao darem os primeiros passos em direção à sala de estar, surpreenderam-se:

Cantando parabéns, o casal carregava uma torta de chocolate recheada com morangos que deveria ser cinco vezes maior que o bolo de Zulmira.

– Por favor, apaga a vela Matheus, – que meio sem jeito assoprou as duas velas que formavam o número catorze.

Ainda surpresos, foram convidados a sentar à mesa.

– Hoje eu que vou servi-los – disse Heitor.

– Mas patrão, não precisava tudo isso – respondeu Adão, emocionado.

– Precisava, sim, e ainda temos duas surpresas – intrometeu-se Marcela.

Enquanto Heitor deu uma espiada na churrasqueira para conferir o ponto da carne, Marcela pediu para Matheus abrir o armário que ficava atrás dele.

Obedecendo, o jovem, ao abrir, perguntou:

– O que a senhora precisa?

– Como assim? Não está vendo o seu presente?

Dentro do armário havia em pacote embrulhado envolvido em um tope vermelho. Vendo que o garoto não sabia o que fazer, não se conteve:

– Vamos, Matheus. O presente é todo teu, abre de uma vez!

Encabulado, e tentando esconder a ansiedade, livrou-se do tope e do papel e viu o que acabara de ganhar.

– Nossa, eu nem acredito! Ontem, enquanto a gente assistia televisão, vi esse jogo. Nunca imaginei que poderia ter um! Olha, mãe, o que eu ganhei!

Matheus imediatamente abraçou Marcela. Quem olhasse não saberia dizer qual dos dois estava mais feliz. Era a primeira vez, em muitos anos, que ela recebia o carinho espontâneo de um adolescente. Naquele momento, Marcela pensou que Matheus Britto poderia ter sido seu filho e precisou se concentrar para conter as lágrimas.

O presente era o jogo "Banco Imobiliário", que fazia sucesso na casa dos brasileiros de classe média, mas que não passava de um sonho distante para Matheus.

Vendo que a esposa estava a ponto de começar a chorar de emoção, Heitor Romano perguntou se eles gostavam da carne mal ou bem passada. No entanto, nenhum dos três se manifestou, e o advogado, acostumado a interpretar a reação das pessoas, logo presumiu: "Isso não pode ser possível! Eles são gaúchos, nascidos e criados no Rio Grande do Sul. Será que eles nunca comeram churrasco?", pensou e um remorso tomou conta de seu espirito. A partir daquela reação, agradeceu a Deus pela vida que desfrutava, ao mesmo tempo que imaginava como seria a vida de muitos brasileiros que enfrentavam a dor causada pela fome. Depois disso, prometeu a si mesmo que convidaria a família Britto para mais encontros como aquele.

Foi, de longe, a melhor refeição que Matheus Britto comeu em sua jovem existência. Décadas mais tarde, quando alcançou o sucesso que jamais imaginaria ter nem mesmo em seus maiores sonhos, a muito custo achou uma churrascaria de um brasileiro em um país oriental que visitava. Ao sentir o cheiro da carne que estavam lhe servindo, sentiu uma saudade descomunal ao lembrar com carinho do homem que havia lhe servido o seu primeiro churrasco. Vendo que algo estranho estava acontecendo, o gerente do estabelecimento perguntou se estava tudo bem, e ele respondeu: – "São apenas boas lembranças do homem que mudou a minha vida".

Por um tempo muito maior do que costumavam ter nos momentos de suas refeições, a família Britto apreciou o almoço, pareciam estar hipnotizados pelo cheiro da carne assando ao fogo da churrasqueira. Enfim, quando comeram o último pedaço de picanha bovina, Marcela Romano cortou a torta doce e serviu a todos. Antes que dessem a primeira garfada, Heitor levantou-se e diz:

– Temos uma surpresa a revelar!

– Quem sabe espera comermos o doce! – sugeriu Marcela.

Notando a expressão de curiosos dos convidados, que chegava a dar ares de aflito, fez com que o advogado não desse ouvidos à sugestão da esposa e prosseguiu.

– Como sabem, prometi ao meu falecido tio que cuidaríamos do estudo do Matheus, e claro que iremos cumprir essa promessa à risca. Portanto, providenciei para que você – fez uma pausa, tocou no ombro do jovem e começou a mirar em seus olhos – estude no mesmo colégio que eu frequentei. A escola é particular, mas faço questão de pagá-la, assim como o teu transporte. A única coisa que peço é que seja um bom aluno.

– Oh meu Deus! – disse o menino, levantando-se e abraçando o advogado.

Heitor Romano era um homem vivido, culto e viajado, e ainda assim, naquele exato momento que recebeu o abraço, soube que fez a coisa certa. Assim como sua esposa, imaginou também que Matheus Britto poderia ter sido seu filho.

Sem saber como agradecer, Adão e Zulmira pareciam estar em êxtase. Na verdade, estavam diante do início de seus respectivos sonhos, era como se uma verdadeira história de contos de fadas estivesse invadindo suas vidas. Desde que se conheceram, sabiam que as dificuldades do destino não permitiriam que se formassem em uma faculdade, porém estabeleceram como metas de suas vidas formarem os dois filhos que planejaram ter. Por motivos que não sabiam explicar, segundo eles, Deus quis levar a mais nova para o céu. Contudo, no pensamento daquelas duas almas puras, sem estudo, o Senhor os estava recompensando por todo o sofrimento da perda da filha.

Agradeceram tanto que quase esqueceram de comer a torta. Depois que Heitor explicou detalhes do colégio, Marcela incentivou para que mais uma vez cantassem "parabéns", para finalmente degustarem o doce.

No meio de tanta alegria, deram-se conta de que já era passado das 19hs.

– Espera mais um pouco – disse Heitor – preciso fazer mais essa jogada – e enfim se despediram e voltaram para a cidade de Santa Maria onde residiam.

Por toda a tarde ficaram jogando Banco Imobiliário. Marcela e Heitor não trocaram uma palavra no caminho de volta, mesmo assim estavam felizes, mas ambos perguntavam a si mesmos porque motivo nunca haviam convivido com aquelas pessoas de corações puros. Marcela prometeu que faria de tudo para repetir ocasiões como essa e que deixaria de lado bailes e eventos sociais repletos de seres invejosos.

· ◆ ◆ ◆ ·

Seria uma segunda-feira como qualquer outra, porém era dia 8 de março de 1982. Everton Torrani estava completando 14 anos de idade. Ao deitar na cama, pela madrugada, havia esquecido de fechar a janela de seu humilde quarto, e o sol quente da manhã parecia mirar direto em seu rosto. Mas não foi isso que o acordou. Os gritos trocados entre seus pais pareciam ecoar em seus ouvidos.

Antes de saltar do colchão desgastado em que dormia, sentiu uma ressaca que atordoava sua cabeça. Rememorou a primeira vez que tinha ouvido aquela palavra, que agora parecia acompanhá-lo em boa parte das manhãs.

Lavou o rosto e tomou um copo de água. As brigas entre seus pais estavam cada vez mais comuns, mas dessa vez as ofensas davam a impressão de chegar ao nível mais baixo.

– Vê se vai trabalhar e trazer algum conforto para essa casa. Já são 10 horas da manhã e você não foi capaz de lavar esse teu rabo sujo! – falou Juliette em tom provocativo.

– Olha quem falando! Me diz para que você serve, se não for para cagar ou fumar um cigarro? – respondeu.

– Se eu sou tão ruim assim, porque motivo ainda quer me comer!

– Deve ser por isso que eu bebo tanto, porque se tivesse sóbrio nem um guindaste levantaria meu pau ao te ver pelada.

Ao ouvir a última frase, Everton não se conteve:

– Pelo amor de Deus! O que acham que os vizinhos vão pensar?! Parem ao menos um pouco de se xingarem.

– Era só o que me faltava – respondeu Juliette.

– Como assim? – perguntou, sem entender nada, precisando segurar a ânsia de vômito provocada pelo excesso de vinho de garrafão que tomou com seus companheiros batedores de carteira.

– Ora, como assim! Só o que me faltava ter dado à luz a um covarde que se preocupa com o diabo do vizinho – falou, dando-lhe um tapa na cara.

Chegou a fechar a mão para dar uma bofetada em sua própria mãe. Todavia, decidiu olhar para o pai, a fim de ver se ele aprovava a reação.

– Que é isso, moleque de merda! Toma teu rumo. A próxima vez que colocar os vizinhos na frente da tua família te expulso de casa.

– Mas pai, não quis...

– Te arranca daqui, só quero te ver pela noite – falou Jeferson desferindo um chute em seu traseiro.

Saiu afugentado da própria casa no dia de seu aniversário. Não era a primeira vez que os pais esqueciam da data de seu nascimento. Ao caminhar pelas ruas da Cohab, ficou refletindo a situação de sua família, rememorou a única casa que tinha convivido anos atrás, e experimentou uma saudade dos tempos em que tinha um refúgio na casa de Matheus.

E, pensando em tudo isso, aflorou-lhe um sentimento de revolta contra o mundo. A impressão que se tinha era de que quanto mais ele sofria pela violência, mais a violência o alimentava.

Bastou caminhar alguns quarteirões para encontrar seus comparsas. Tião Santos Nowak estava na esquina com mais dois jovens mal–encarados fumando maconha.

– Dá um pega dessa erva aí, Tião – disse Everton – Preciso aliviar a cabeça, ontem botamos para derreter, e o clima lá em casa parece a guerra do Vietnã.

– Vai morrer cedo assim – ironizou, como quem se preocupasse com a saúde de alguém. – Ontem você parecia o gênio da lâmpada querendo achar o fundo da garrafa.

– E essa máquina aí? – perguntou.

– Qual máquina você se refere?! – disse, mostrando um revólver calibre 38 que portava na cintura.

– Estou falando do fusca.

– Ah, peguei hoje cedo, um mané esqueceu a chave dentro e, ainda por cima, deixou o vidro aberto. Ainda bem que existem esses idiotas para facilitar a vida dos malandros.

Os dois adolescentes que o acompanhavam não tinham mais de 13 anos, e Tião sabia que não teriam sangue frio para executar o que estava planejando. Acabou de fumar o cigarro de maconha, vendeu a eles 10 gramas da droga que carregava em uma pochete e os dispensou.

– E aí, vamos dar um rolê pela cidade? – interrogou Tião.

– Eu não tenho nada o que fazer mesmo.

Tião estava prestes a completar 18 anos, sabia que em breve perderia as vantagens por ser menor de idade, caso fosse preso, e precisava aproveitar as regalias conferidas pela legislação. Entraram no fusca e foram em direção ao centro da cidade. No caminho, começaram a falar sobre a contravenção que estavam prestes a cometer:

– Temos uma barbada hoje, Everton, mais fácil que tirar mel da chupeta de criança. Topa ou vai arrepiar?

– Tá me estranhando! Quem arrepia para o crime é marica, meu chapa. Diz ai, qual é a parada?

– Tem uma mansão no Bairro Patronato, a família viajou e o guarda da casa me deu a parada. Os riquinhos colocaram a raposa para cuidar do galinheiro!

– E você confia nesse guarda? – perguntou Everton, desconfiado.

– Claro que não! Porém, ele somente vai lucrar se a gente conseguir roubar. Ele exigiu a metade do que a gente conseguir na casa, e parece que tem muitas joias e dinheiro escondido em um armário falso!

– Talvez não fosse melhor a gente ir pela noite?

– Aí é que tá o detalhe! Pela noite o comparsa fica de vigia, mas de manhã a casa fica sem ninguém. Até pensei em ir à noite. A gente poderia atá-lo, fingindo ser um assalto, mas o homem é frouxo demais e não aceitou. Por isso, vamos entrar pelo pátio e arrombar uma porta que dá entrada na casa. Trouxe um pé de cabra para isso.

– Vai ser moleza, então.

– Tem só um problema!

– Qual é? – perguntou Everton, aflito.

– Tem um cachorro da raça doberman, no pátio.

– Puxa vida, esse animal é uma fera! O que vamos fazer?

– Calma, tá tudo planejado. O vigia não dá comida para o cachorro há dois dias. E ele preparou esse pedaço de carne misturado com sonífero – disse, mostrando uma panela velha com o alimento.

– Tem certeza que vai fazer efeito?

– Claro que sim, tem uma dose capaz de fazer um rinoceronte dormir.

Andaram por mais alguns minutos e estacionaram o fusca perto da casa. Era um bairro residencial calmo. Esperaram para se certificarem que não havia ninguém na rua, saíram do veículo e foram até um muro com pouco mais de dois metros de altura.

– Segundo o comparsa, o canil fica bem aí do outro lado, tira a carne da panela e joga, enquanto eu fico cuidando se ninguém aparece – ordenou Tião.

Esperaram até que Tião resolveu subir no muro e observou o cachorro devorando a carne: – O animal estava com fome, até que o vigia não é tão idiota! – Não precisou de muito tempo até que o cachorro dormisse, então os dois entraram no pátio.

Everton brilhou os olhos quando enxergou a piscina com uma cascata, nunca havia visto nada parecido. Teve vontade de se jogar na água, mas logo foi sacudido por Tião.

– Deixa de bobeira, vamos logo.

Caminharam até a porta indicada pelo cúmplice, e não demorou muito para arrombá-la com o pé de cabra. Subiram as escadas e foram direto ao quarto principal. Abriram o roupeiro e logo identificaram o fundo falso.

– Que porra de dinheiro é esse? – perguntou Everton. – Será que o vigia tá de sacanagem com a gente?

– Deixa de ser mané, isso aí é dólar, seu idiota.

– Nunca ouvi falar, que significa isso?

– Significa que estamos ricos! Embaixo dessa gaveta deve ter joias também. Dá uma olhada.

Ao abrirem, viram que havia uma pequena caixa com correntes, brincos e anéis. Ensacaram tudo, mas antes de colocarem o dinheiro no saco, verificaram que tinha a quantia de vinte mil dólares. Saíram dali porém, antes de irem embora, Everton entrou no quarto que deveria ser do filho dos donos da residência, e quando abriu o roupeiro, viu as camisetas de inúmeros times de futebol, teve a sensação de estar em um filme. Começou a tirá-las dos cabides. Mas foi interrompido por Tião:

– Vamos embora, seu boca-aberta! Quer ser pego por causa de ninharia?

– Que embora nada, deixa eu pegar essas belezuras! Nunca tive uma dessas!

– Mais uma palavra e te dou um tiro na cabeça! Te arranca daí!

Sem opção, mas contrariado, saiu em direção ao pátio. Notaram que o cachorro estava rosnando, porém ainda deitado. Cruzaram ao seu lado correndo, e subiram em cima do muro. Antes de descerem viram um carro passando na frente, esperaram até que o veículo desaparecesse, então, pularam.

– Não corre seu imbecil, vai parecer que fizemos algo errado! – disse Tião, já sem paciência com as tolices de Everton.

Caminharam como se nada tivesse acontecido, entraram no fusca, deram a partida e saíram.

– E agora? – perguntou Everton.

– Combinei de ir na casa do vigia para dividir o valor do roubo. Vamos até lá.

– Deixa de ser idiota, você não tem nenhuma obrigação com ele.

– Seu moleque de merda! – gritou, no momento que conduzia o fusca, cuidadosamente, para não chamar a atenção.

– Mas o que eu falei de errado? – questionou incrédulo.

– Aprendi uma coisa e jamais te esqueça: bandido para ser respeitado é aquele que mantém a palavra com os comparsas. Caso contrário, está a um passo de ser morto!

Percorreram com o fusca por cerca de três quilômetros em direção à casa do vigia. Ele se chamava Conrado, um homem com cerca de trinta anos, calvo e com um cavanhaque loiro, sem nenhum atrativo intelectual, e que falava pouco para esconder a gagueira. Conseguiu o emprego graças ao amigo policial que falsificou sua ficha de antecedentes criminais para que conseguisse apresentar ao empregador, dando ares de um homem com a ficha limpa.

– Presta atenção agora: eu disse para o Conrado que eu ia chegar em um corcel branco...

– Por que você mentiu? – interrompeu, Everton.

– Cala a boca e escuta, porra. Ora por quê? Sei lá o que ele tá tramando! Assim, posso dar algumas voltas pela redondeza e me certificar de uma emboscada. A casa dele fica a três quarteirões daqui. Pega um chapéu e um óculos escuros naquela mochila para ele não me reconhecer.

Percorreram as ruas laterais que davam acesso à casa e não notaram nada de diferente. No entanto, quando avistaram a casa de Conrado, Tião soltou um grito:

– Filho de uma megera!!

– O que houve?

– Está vendo aquele corcel vermelho em diagonal à casa dele?

– Sim, mas qual o problema?

– Esse carro é do Jorge, um policial corrupto sem qualquer escrúpulo.

– Entendi, mas o que significa isso?

– Ora, Everton, deve ser porque estão rezando um Pai–Nosso! Deixa de ser idiota!

O policial Jorge era o contato do vigia dentro da polícia. Era ele quem tinha falsificado a ficha de antecedentes criminais e conseguido, através de um terceiro, que o indicasse a trabalhar na casa da vítima. Policial com fama de corrupto, nunca foi pego, em parte, pois dificilmente deixava rastros, mas principalmente por seus métodos cruéis que amedrontavam eventuais testemunhas que permanecessem com vida.

– Que vamos fazer? – questionou Everton com raiva.

– Vou te explicar uma coisa. No mundo do crime, o ingênuo acaba ligeirinho dentro de um caixão. Se a gente fosse na casa dele, o nosso lucro já era, e com muita sorte sairíamos com vida, mas com boa parte dos nossos dentes quebrados.

Ao ouvir a afirmação de que estava prestes a ser traído, enfureceu. Mesmo com apenas 14 anos, parecia que sua natureza humana estava envolta por algo sombrio. Começou a lembrar de sua realidade em casa, dos gritos de sua mãe, da indiferença de seu pai e, antes que Tião respondesse sua pergunta, disse:

– Precisamos matar esses dois filhos da puta! Você tem outra arma?

– Escuta aqui, moleque, é o último conselho que vou te dar: bandido que pretende viver não mata polícia! Gosto de você porque tem colhões, mas não pode ser tão estupido assim! Entendeu?

– Entendi, mas a vontade que tenho é de encher esses dois merdas a bala.

– A minha também, mas vamos agir com frieza e inteligência.

– Tá bom, concordo.

– Eu marquei com o Conrado ao meio-dia. Faltam vinte minutos. Vou estacionar o fusca o mais distante da sua casa, desde que eu possa enxergá-la. Se formos embora, eles virão atrás de nós.

Permaneceram por mais de uma hora sem nenhuma movimentação. E, quando estavam quase perdendo a paciência, o policial Jorge deu os primeiros passos em direção à rua. Com ares de desconfiado, olhou ao seu redor, sempre com a mão na cintura, e quando teve a certeza de que nada de estranho acontecia, foi até seu carro e saiu acelerando em direção oposta de onde Tião e Everton estavam.

Tiveram tempo de sobra para elaborarem um plano. Esperaram mais alguns minutos para se certificarem de que o policial não retornaria e desceram do veículo.

A raiva que Everton sentia era tanta que teve a impressão de que sua boca estava seca, mas, ao mesmo tempo, sentia uma espécie de euforia pela iminente vingança que estava prestes a cometer. Caminharam como se fossem meros adolescentes saindo da aula, cada um com sua mochila, que ao invés de cadernos e livros continham produtos do crime. Bateram na porta e logo Conrado atendeu:

– Porra, mas que demora foi essa?

– O diabo do cachorro acordou. Esse sonífero não fez efeito!

– E como vocês saíram da casa?

– Depois de um tempo, tive que arrombar a porta da frente. Se ao menos tivesse me emprestado o teu revólver, poderia ter matado o doberman e saído sem chamar a atenção.

– Mas daí chamaria mais a atenção com o tiro, seu moleque besta! Alguém te seguiu?

– Sim, a polícia. Por isso que demorei. Tive que abandonar o carro e vim caminhando até aqui.

– Tem certeza que não te seguiram?

– Claro que sim. Está aqui o dinheiro – disse jogando a mochila em seus pés.

Ansioso para tocar no dinheiro, Conrado curvou-se e com ambas as mãos, abriu o fecho da mochila. Nesse exato momento, Everton, tirou a pedra que escondia e com força a desferiu na cabeça do vigia que caiu. Sem pestanejar, deu mais cinco golpes que desfiguraram o rosto e a cabeça.

– Será que ele morreu? – perguntou, com as mãos ensanguentadas.

– O que você acha? – disse Tião, apontando para os miolos da vítima que se espalharam pelo chão. – O segredo agora é manter a calma.

– Como assim?

– Confia em mim. Aprendi com os melhores – afirmou, gabando-se ao lado do corpo. – Em primeiro lugar, vá até o banheiro e tire o sangue que está em ti. Outra coisa, guarde a toalha que for te secar. Depois a gente precisa colocar fogo em todos os vestígios fora daqui.

Sem entender, Everton obedeceu e retornou com a toalha dentro de um saco. Era o primeiro homem que matava, mesmo assim não demonstrava nenhum nervosismo, nem ao menos parecia um jovem que havia completado 14 anos.

– Pelo que sei, esse defunto não tinha família, então não precisamos ter tanta pressa. Ninguém vai aparecer aqui, mas também não podemos dar bandeira. Olha só, dentro dessa minha mochila tem uma luva e um saco plástico. Tira o relógio e a carteira dele e coloca dentro.

– O que você está tramando? – interrogou Everton.

– Vou matar dois coelhos com uma cajadada só – respondeu, sorrindo.

Permaneceram por cerca de trinta minutos, olharam pela janela, deixaram um casal passar caminhando lentamente em frente da casa e saíram. Entraram no fusca e foram até um descampado. Colocaram fogo nos objetos e jogaram a pedra manchada de sangue dentro de um açude.

– Uma vez o meu padrinho me ensinou que o bandido deve se prevenir de ser preso em duas ocasiões: durante o crime ou depois dele.

– Não entendi – respondeu Everton.

– Durante o crime já estamos livres. O importante agora é se preocupar com duas coisas: o que vamos fazer com o dinheiro e principalmente com o policial Jorge.

– Com o dinheiro já te dou a receita agora: vamos nos divertir no cabaré com algumas mulheres.

– Deixa de ser imbecil! Quer ir preso, seu moleque de merda!

– Não, pelo contrário, só quero me divertir um pouco.

– Pensa, idiota. Imagina um de nós gastando dólares em um Bordel. Você acha que as putas guardariam segredo? Ainda mais que o Jorge e seus comparsas estão toda hora por lá. Ou acha que elas vão pensar que esse dinheiro todo ganhamos da nossa família?

– Tem razão, não tinha pensado nisso. Então, o que vamos fazer com o dinheiro? Já estava com o pau duro pensando que ia trepar hoje!

– É preciso ser discreto e cuidadoso, mas antes tenho um servicinho a fazer. Hoje é o dia que me vingo daquele filho da puta!

Charles Lampert tinha 45 anos, com estilo galã de rodoviária, deixava o cabelo comprido e o penteava em volta da cabeça para tentar ocultar a calvície. Passava o dia mascando cravos para tentar disfarçar o mau hálito que brotava de um problema do seu canal dentário. Em seu pensamento, era mais barato comprar a especiaria do que gastar com um dentista, pois, além de caro, deveria ser dolorido.

No entanto, não era por causa dessas peculiaridades que Tião o odiava tanto. A verdade é que, muito embora tivesse sido absolvido pelo argumento da legítima defesa, fora ele quem matara seu pai. Como se não fosse motivo suficiente para nutrir tanta raiva, meses antes da sua mãe falecer, Charles Lampert foi um de seus últimos clientes da prostituição. Porém, fora um freguês diferente, que ao final do sexo, ao invés de pagar a quantia ínfima que cobrou, a esbofeteou, quebrando os poucos dentes que ainda lhe restavam. Quando chegou em casa, ainda sangrando, e disse ao então jovem Tião quem fora o verdadeiro agressor, ele jurou que não iria mais simplesmente matá-lo, não obviamente por conta do perdão, mas porque preferia mil vezes presenciar o inferno que faria de sua vida.

Dono de um pequeno armazém que vendia utensílios para casa, mas que na verdade era sustentado pela venda de mercadorias roubadas, Charles era um velho conhecido da polícia por conta do tipo de vida que escolheu.

Ao entardecer daquele dia, o empresário fechou seu negócio e foi à estação rodoviária, como fazia em todos os dias de semana, para jogar sinuca, tomar cachaça e comer ovos em conserva, receita infalível para provocar-lhe um hálito ainda pior. Assim que o carro de Charles desapareceu em direção à rodoviária, Tião não teve dificuldades de entrar em seu armazém pela porta dos fundos com o auxílio de uma chave falsa. Entrou e saiu rapidamente, tomando os devidos cuidados para não ser visto.

Tião dirigiu o fusca até um orelhão que ficava próximo da delegacia de polícia. Conseguiu observar que o carro de Jorge estava estacionado bem na frente. Colocou a moeda no telefone público e discou:

– Centro de atendimento da polícia civil, como posso ajudar?

– Gostaria de fazer uma denúncia – disse com um pano no telefone para disfarçar a voz.

– Pois não, qual seria a denúncia?

– Estava há pouco jogando sinuca na estação rodoviária, e tinha um homem chamado Charles Lampert se vangloriando de ter assaltado a casa de um vigia...

– Tem certeza do que está falando? – interrompeu o policial.

– Sim, inclusive ele disse que o nome da vítima era Conrado – fez uma pausa e continuou: – Posso falar outra coisa que me chamou a atenção?

– Diga de uma vez.

– Esse Charles falava a todo momento que tinha passado a perna em um policial chamado Jorge. Me impressionei como ele zombava desse policial, disse que era uma marica metido a besta, e...

– Jorge, vem cá rápido, escuta o que estão falando de ti – gritou o telefonista.

– Alô, alô. Quem está falando? – perguntou Jorge, sem se dar conta que o telefone já estava desligado.

De dentro do fusca, Tião observou Jorge e mais três agentes da polícia civil entrarem dentro do veículo e saírem acelerando em direção à estação rodoviária.

Em poucos minutos, a viatura estacionou em um local reservado para o desembarque de passageiros.

– Os senhores não podem parar o carro aqui, vão atrapalhar o trabalho dos motoristas – disse um antigo funcionário da estação.

– Cala a boca, seu merda. Polícia, porra. Tá querendo ser preso, velhote? – gritou, Jorge.

– Não quis ofendê-lo. Me desculpa.

– Melhor assim.

Naquele entardecer, Charles Lampert achava que estava com sorte. Já tinha ganhado duas partidas de sinuca, muito embora já houvesse gastado o lucro das vitórias com bebida e ovos em conserva. Com ares de arrogante, estava começando a terceira partida, quando levou uma coronhada na cabeça.

– Quem é a marica agora, seu ladrãozinho de merda? – falou Jorge, enquanto desferia mais alguns golpes em seu tórax, derrubando-o.

– O que é isso, Jorge? Somos amigos! – falou, cuspindo gotas de sangue.

Na verdade, algumas vezes Charles negociou com Jorge objetos roubados que foram recuperados pela polícia que, ao invés de serem entregues às vítimas, foram direto aos receptadores. Os outros três policiais que estavam com ele eram honestos, e quando ele proferiu a palavra amigo na frente dos colegas, Jorge ficou ainda mais furioso.

– Amigo de quem, caralho! Eu sou polícia, você é vagabundo. Por acaso quer me desacatar?

– Não, é que...

Suas palavras foram interrompidas por dois socos no queixo, que deixaram Charles desacordado. Foi preciso jogar água gelada em sua cabeça para que recuperasse os sentidos.

– O que você aprontou hoje? – questionou outro policial mais calmo.

– Eu passei o dia trabalhando. Não fiz nada de errado.

– Para de ironia e vamos dar uma volta com a gente.

De forma não muito amigável, colocaram–no dentro da viatura. Um dos policiais precisou conter Jorge que, enfurecido, pretendia continuar o espancamento. Atônitas, as pessoas presenciaram a agressão sem falar uma única palavra, até porque a maioria tinha passagens criminais e não queria se complicar defendendo um receptador que não tinha um mínimo de honra.

– Ao menos, podem me falar do que estou sendo acusado?

– Para de sacanagem. A próxima pergunta besta vou fazer você engolir os dentes, porra.

Com as sirenes ligadas, a viatura não demorou muito para chegar até a frente da casa de Conrado.

– Está tudo desligado – disse Jorge ainda dentro do carro. – Ele já deve ter ido trabalhar na casa daquela família rica. Que acha de irmos lá?

– Já que estamos aqui, melhor darmos uma conferida – respondeu outro policial.

Todos desceram do carro. Parecia tudo muito calmo, tocaram a campainha e ninguém atendeu, deram a volta na casa e um silêncio absoluto parecia reinar por ali. Antes de irem embora, um policial resolveu testar a porta, que, para sua surpresa, estava aberta. Entraram, acenderam a luz e se depararam com o cadáver de Conrado.

– Seu covarde filho de uma puta! – gritou Jorge, precisando ser contido por seus colegas.

A raiva que sentia não tinha absolutamente nada a ver com a morte de Conrado, e sim por conta dos dólares e joias que estava esperando lucrar. Teve vontade de torturá-lo até que entregasse o paradeiro do produto do crime, mas sabia que seus colegas eram honestos e o entregariam para as autoridades.

O policial mais experiente ligou para o plantão e exigiu a presença de um médico perito e da polícia militar, para isolar o local o mais rápido possível. Assim que chegaram, foram até a residência de Charles, que ficava junto de seu armazém. Chorando, jurava que não fora o responsável por aquele crime, e ao ser perguntado se concordaria em mostrar sua casa aos policiais, fez sinal de positivo. Sabia que se negasse a entrada, entrariam do mesmo jeito. Ao menos tranquilizou-se, pois naquele dia não achariam nada de ilegal. Ontem havia vendido a derradeira carga de mercadoria roubada que armazenava.

A última coisa que Charles esperava era encontrar algo suspeito em seu armazém. O trajeto foi uma verdadeira tortura, a cada vez que tentava argumentar, mais socos contra ele eram desferidos.

– Os senhores estão perdendo tempo, não tem nada ligado a esse crime no meu trabalho. Sou um homem honesto.

– Cala essa boca, imundícia – disse Jorge, dando lhe um tapa na cabeça. – Se estiver nos fazendo de bobo, você vai ver a cobra fumar!

Sem desconfiar do que estava por vir, Charles desceu da viatura e foi até a entrada do estabelecimento. Demorou um pouco para abrir a porta, suas mãos estavam tão trêmulas que não conseguia colocar a chave no buraco da fechadura.

– Agora é com a gente, te senta aí e fica bem quieto, seu careca de merda.

O policial mais jovem ligou as luzes e começaram a procurar por indícios de objetos que o ligassem à morte do segurança Conrado. Não demorou muito para que Jorge desse um grito:

– Olhem só, esse maldito acha mesmo que somos otários!

– O que achou aí, colega?

– Essa carteira manchada de sangue! O que será que tem dentro dela, chinelo bafento?

– Como eu vou saber? Essa carteira não é minha! – falou assustado, com uma expressão fantasmagórica.

– Está dizendo que coloquei ela aqui para te incriminar?

– Apenas afirmei que essa carteira não é minha.

– Então quer me convencer que a carteira criou pernas e veio caminhando aqui sozinha para te encontrar! Acha mesmo que sou otário? – e precisou ser contido pelos outros policiais, mas antes desferiu um soco que fez jorrar sangue do nariz de Charles.

Com a confusão, o policial experiente pegou a carteira e na frente de todos, a abriu.

– Olhem só! E aí, Charles, vai nos contar a verdade agora!

– Juro por Deus que não sei como essa carteira veio parar aqui.

– Não fale em nome de Deus, seu assassino covarde – respondeu um policial católico.

Os policiais verificaram os documentos de Conrado e a quantia de mil e quinhentos dólares dentro da carteira. Ao ver o dinheiro, Jorge sentiu um ímpeto de raiva que parecia corroer seu estomago. “Esse filho da puta tentou me lograr”, pensou. Vasculharam o armazém procurando mais algo suspeito e acharam o relógio manchado de sangue. Ao fim das buscas, deram voz de prisão a Charles e o levaram à Delegacia. Mesmo apanhando por horas, ele não confessou e, sem entender o que estava acontecendo, afirmou, por diversas vezes, que era inocente. No início da noite foi levado ao presídio, e nenhum dos seus piores pesadelos comparava-se à recepção que o aguardava.

Enquanto o interrogavam, as lembranças da morte do pai e das manchas de sangue da mãe provocavam uma raiva quase que entorpecente na mente de Tião. “Hoje esse desgraçado vai conhecer o inferno!”, pensou e acabou tendo uma ideia.

Em Santa Maria existia um bar famoso por ser frequentado por criminosos, onde comercializava-se de tudo que tivesse origem no crime, desde pneus de bicicleta a armas de grosso calibre e carregamentos de drogas. Tião foi até sua casa, pegou um tênis que havia roubado dias atrás e foi até lá.

– Fala moleque, aqui não é para menores como você – disse o dono do bar.

– Calma, chefe, sou apenas um admirador do senhor.

– Gostei da humildade. O que vai querer?

– Nesse calor, cai bem uma cerveja gelada!

– Só isso?

– Trouxe também esse tênis novinho em folha! Roubei de um playboy que deu bobeira.

– Quanto você quer por ele?

– Que isso, chefe. Quem sou eu para botar preço dentro da tua casa? Aqui quem manda é o senhor.

– Confesso que estou começando a gostar da tua conversa. Te dou três cervejas por ele.

– Fechado, mas por questão de respeito, posso partilhar essas cervejas com os rapazes?

– E aí, pessoal, aceitam o garoto aí na mesa? Ele vai bancar três geladas.

– Senta com a gente, moleque – disse um homem tatuado com cerca de quarenta anos, que parecia ser o líder de uma gangue.

Depois de muita conversa, Tião introduziu o assunto da prisão de Charles.

– Pois é, dizem que o bafento levou uma surra dos policiais no meio da estação rodoviária! – afirmou um criminoso que se gabava em ser o melhor arrombador de cofre da região.

– Esses policiais são uns cretinos. Mas nesse caso eu apoio a atitude deles.

– Você está louco, moleque! Viu bem o que falou? – gritou o líder da gangue.

– Como assim? Vocês não estão sabendo?

– Sabendo do que, porra?

– O desgraçado não foi preso somente pela morte daquele segurança. No armazém pegaram duas crianças enjauladas que ele abusava.

– Filho da puta! – gritaram os criminosos. – Esse depravado vai ter uma recepção que merece!

Realizado, Tião pagou mais duas cervejas e uns martelinhos de cachaça. Cambaleando de bêbado, andou por quilômetros e fumou meio maço de cigarro até chegar ao barraco em que morava. No trajeto, olhava para as estrelas e sorria, tinha certeza de que, caso seus pais o estivessem vendo, estariam agradecendo pela vingança. Foi a noite mais feliz da vida de Tião Santos Nowak.

No dia seguinte, Everton acordou cedo e fez um pequeno esconderijo para guardar os 5 mil dólares que recebeu. Mesmo com vontade de sair gastando, lembrou dos conselhos do amigo e separou apenas uma nota de cem dólares. Foi até um câmbio clandestino e a trocou por dinheiro brasileiro. Percorreu mais três quarteirões e entrou numa loja de roupas para adolescentes. "Puta merda, eu poderia comprar essa loja inteira", pensou, mas conteve-se em adquirir uma camiseta e bermuda. A ansiedade era tanta pelas roupas que já saiu usando as novas vestimentas. "Agora sim vou realizar meu sonho", e saiu caminhando parecendo um jovem que acabara de ser presenteado pelos pais.

Quando se deparou com a Confeitaria Copacabana e olhou para dentro, vendo tantas pessoas bem vestidas, experimentou uma ponta de vergonha, chegou a pensar em desistir. Contudo, quando viu uma família ser servida por um garçom, fechou os olhos por alguns segundos, conseguiu forças e entrou. Encabulado, sentou na primeira mesa que viu e esperou ser atendido:

– Bom dia, meu rapaz. Seja bem-vindo – disse o garçom.

Não era tratado dessa maneira desde que perdeu o contato com a família Britto.

– Bom dia – respondeu encabulado.

– O que deseja comer?

– Pois é, é a primeira vez que entro aqui...

– Então venha comigo – interrompeu o garçom.

Nesse momento, Everton sentiu uma onda de raiva percorrer o seu corpo, teve vontade de esfaquear o garçom. "O que eu falei de errado para esse corno me mandar embora?" E quando foi levantar-se, sentiu a mão do atendente em um de seus ombros.

– Vamos até ali que vou te ajudar e escolher o que temos de melhor – afirmou, apontando para os doces e salgados.

As palavras do garçom desfizeram o desejo de espancá-lo. Então, o acompanhou.

– Pois bem, temos muitas variedades, mas te recomendo a empada de camarão. E, de doce, a nossa famosa massa folhada – disse.

– Mãe do Céu – falou Everton, impressionado, vendo as bandejas de salgados e doces – Me vê duas de cada, então.

– E para tomar, o que vai querer?

Desde a primeira vez que viu a Confeitaria não lhe saia da cabeça uma bebida servida em uma taça grande, mas não imaginava o nome daquilo. Percorreu os olhos em volta do lugar, e a achou.

– A mesma bebida daquela moça.

– Ah sim, bela escolha. Vai adorar o nosso chocolate quente com chantili.

Em poucos instantes, o garçom o serviu e quando Everton experimentou a empada de camarão, foi como se sua boca estivesse anestesiada por um sabor de outro planeta. "Que será que é esse tal de camarão?", pensou e deu outra mordida. "Deve ser a melhor comida do mundo", concluiu.

Ao pagar a conta, mesmo sendo um péssimo aluno de matemática, conseguiu fazer um cálculo. Havia gastado cerca de dez dólares e, com o valor que tinha escondido em casa, poderia ir até a Confeitaria por mais de um ano. Com esse pensamento, refletiu que os dias de pobreza eram coisa do passado. "Como alguém comendo o tal de camarão pode reclamar da vida?"

Passou o resto da manhã perambulando pela cidade, e perto do meio-dia foi até a saída de uma escola para tentar paquerar alguma menina. Com 14 anos, recém completados, Everton não chamava a atenção pela beleza. Longe disso, da mãe herdara o nariz em formato de torneira e a orelha achatada parecendo um caracol; do pai, os cabelos crespos e engraxados. Bem que arriscou, mas nenhuma garota o olhou. Quando estava prestes a ir embora, ouviu alguém gritar: – É hoje a estreia do filme "Indiana Jones e os Caçadores da Arca perdida", no Cinema Glória.

Ao invés de ir para casa, onde o almoço era incerto, comeu um cachorro-quente, de um trailer instalado na rua, e foi até o cinema. A primeira sessão era às 15 horas. Comprou o ticket de entrada, em meio a uma pequena multidão de jovens, e entrou. Quando o longa–metragem começou, maravilhou-se com as cenas de ação, protagonizadas pelo ator Harrison Ford, contra o exército de Adolf Hitler. O filme durou quase duas horas e, no final, sob aplausos dos telespectadores, deixou o Cinema Glória, que até então sequer sabia que existia.

Sem ideia do que fazer, resolveu voltar para casa. Foi até a parada e embarcou em um ônibus com destino ao subúrbio da cidade.

– Aquela megera filha de uma puta. Ela merece morrer! – gritou Jeferson ao ver Everton.

– Opa, o que houve? – perguntou, achando que era uma das corriqueiras brigas entre seus pais.

– Lê essa merda de bilhete que a desgraçada deixou – respondeu, entregando-lhe um pedaço de papel.

" Confesso que já deveria ter feito isso há muito mais tempo. Não aguento mais conviver com esse teu cheiro horrível. Estou indo morar em Porto Alegre com meu novo namorado, peguei algumas joias que estavam guardadas (que você roubou) para começar a vida (juro que devolvo assim que puder...kkk). E, quanto ao Everton, sei que ele já está grande e não precisa mais dos meus cuidados. BOA SORTE"

– Ela nos deixou? – questionou, perplexo.

– Sim, é isso mesmo. "Algumas joias", essa vagabunda falou! Ela pegou toda a minha reserva, não que fosse muito. Aposto que ela não se sustenta nem por dois meses e vai querer voltar com o rabinho entre as pernas.

– Quem é esse novo namorado?

– Um menor de idade, dá para acreditar! É uma vagabunda barata!

– Tá, mas quem é? Preciso saber, ela é vagabunda, mas continua sendo a porra da minha mãe.

– Aquele negro polonês, filho de uma prostituta, parece que o nome dele é Tião.

A revelação do nome do amante fervilhou o cérebro de Everton. "Como ele fez isso comigo, era meu parceiro", pensou e teve uma nítida desconfiança. "Eles não seriam tão tolos de me roubar".

Enquanto seu pai amaldiçoava o mundo com todos os tipos de gritos que faziam os vizinhos se surpreenderem mais uma vez, Everton foi até o seu quarto. Teve o cuidado de não estar sempre sendo observado por seu pai que abria uma garrafa de cachaça e abriu o bidê que ficava do lado de sua cama, retirou o fundo falso que improvisou e estava vazio.

– Desgraçados. Juro que vou matar os dois! – deu um berro tão grande que foi capaz de chamar a atenção de Jeferson.

– O que foi, moleque? – perguntou.

Olhou para Jeferson com desprezo, foi a primeira vez que teve um desprezo tão grande por ele a ponto de compará-lo com um rato. "Se eu falar a verdade para esse miserável, ainda é capaz de me culpar", pensou e acabou guardando a verdade.

Um mês depois, os jornais estavam eufóricos em repetir cada detalhe da Guerra das Malvinas que tinha eclodido no dia 2 de abril daquele ano. Em pouco mais de dois meses, a guerra terminou e deixou 907 mortos; sendo 649 argentinos, 255 britânicos e 3 civis da ilha. Quando um especialista em ciências criminais afirmou, na televisão, que em menos de quatro décadas isso seria o número de mortes por semana no Brasil, caso as autoridades não enfrentassem com seriedade o tráfico de drogas e as facções criminosas que estavam surgindo , foi chamado de louco. Por pouco o estudioso não perdeu o emprego na universidade que lecionava.

Como fazia em todos os dias da semana, Matheus acordou às seis horas da manhã, fez sua higiene pessoal, tomou café e trinta minutos depois estava esperando o ônibus que o levava até o centro de Santa Maria. Deu uma breve caminhada e, antes das 7h30min, já estava esperando o sino bater para entrar e se acomodar em sua classe. No início das aulas, estranhou os hábitos de seus novos colegas, era sem dúvida, o aluno mais pobre da turma. No entanto, a única coisa que o incomodava eram três alunos mais velhos do último ano. Na saída da aula, enquanto dirigia-se à parada de ônibus que o levava até Itaara, notou que os três o seguiam.

– Espera ai, Chico Bento! – disse o que parecia ser o líder.

– Por que Chico Bento? – perguntou o outro.

– É só prestar atenção nas roupas do caipira! – respondeu e caíram na gargalhada.

Parecia que o bullying estava prestes a chegar no seu ápice e Matheus, assustado, apressou os passos.

– Eu disse para esperar, Chico Bento! – falou, correndo em sua direção.

– O que querem comigo? Eu nunca fiz nada para vocês! – respondeu assustado.

Logo foi alcançado e levou um soco na cabeça que o derrubou. A mochila que guardava seus livros se abriu com a queda, derrubando os cadernos que estavam dentro e também a chave da casa com o chaveiro da Virgem Maria.

– Olha só, o caipira é religioso! – disse, pegando a chave do chão.

Sem ter como reagir, fechou os olhos, protegeu a cabeça com as mãos e se preparou para apanhar.

– Quem vai precisar de religião agora são vocês, covardes de merda! – disse uma voz que Matheus não conseguiu identificar.

Quando Matheus teve coragem de se levantar, viu um bando de rapazes surrando os três agressores. Não conseguia entender o que estava acontecendo, até que viu que um jovem que estava de costas pra ele, falar:

– Está vendo essa faca aqui no teu pescoço, desgraçado, limpa o chaveiro e reza uma Ave–Maria para a Santa, senão vou te degolar.

– Calma, eu não fiz nada!

– Não fez nada,... acha que sou otário? – respondeu dando-lhe um soco no nariz que fez jorrar sangue, enquanto os outros dois eram chutados no chão.

– Reza a porra da Ave–Maria, ou prefere morrer? E vocês dois também!

Enquanto os três rezavam, tentando segurar o choro, ouviram as palavras do jovem que portava a faca:

– Escutem aqui, o Matheus é meu protegido, da próxima vez que chegarem perto dele, se considerem mortos. Melhor ainda, a partir de agora serão os seguranças dele. Entenderam?

– Sim – responderam ao mesmo tempo.

– E você, seu merda, limpa o chaveiro que dei para o Matheus, mas antes beija os pés dele implorando perdão – após ver o rapaz se humilhar, continuou: E caso deem uma de marica e falem do que aconteceu hoje, tiro a virgindade do rabo de vocês.

– Pode deixar, não vamos falar para ninguém – responderam e saíram correndo.

– Everton, é mesmo você, meu amigo? – perguntou incrédulo e impressionado de como ele mudara nesses poucos anos.

Antes que pudesse responder, ouviu um apito que parecia ser de um policial e desapareceu. Depois disso, Matheus Britto nunca mais foi incomodado até se formar no colégio.

Capítulo V

Mais um marco em suas vidas

Era 1º de setembro de 1985, Adão completava 46 anos de idade. À noite, Zulmira preparava o jantar para comemorarem.

– Meus parabéns, pai, espero que goste do presente – disse, dando-lhe um beijo no rosto.

– Ora, meu filho, que camisa linda... Não precisava. Deveria guardar seu dinheiro para suas coisas.

– O senhor merece, é o melhor pai do mundo!

Os olhos de Adão lacrimejaram de tanto orgulho. Matheus já estava no segundo semestre no curso de direito diurno da Universidade Federal de Santa Maria, com 17 anos, era um dos alunos mais jovens da turma e, desde que fora aprovado no vestibular, começou a receber um salário mínimo, mais as passagens, para trabalhar durante a tarde e no sábado pela manhã no escritório de Heitor Romano.

Quando a comida estava prestes a ficar pronta, Zulmira levantou o volume da televisão:

– Olhem só, finalmente encontraram aquele navio!

O repórter, impressionado, descrevia a saga liderada pelo famoso oceanógrafo Robert Ballard, que a mais de 3 km de profundidade, achou, depois de 73 anos do desastre, os destroços do navio. Até então, a investigação original afirmava que o Titanic afundara intacto, contrário a relatos de sobreviventes. Porém, a descoberta comprovou que o transatlântico se partira ao meio, dando razão aos que realmente presenciaram o naufrágio.

Com a notícia, conversaram e imaginaram como seria atravessar o mundo a bordo de um transatlântico.

– Só de pensar que um navio gigante desses pode afundar, prefiro andar de avião. Vocês sabem que eu não sei nadar – afirmou Zulmira.

– E, por acaso, a senhora sabe voar, mãe?

– Claro que não.

– Então, que diferença faz!

Os três caíram na gargalhada, e no meio de risos, cantaram parabéns a Adão. Comeram um pequeno bolo, e quando o programa Fantástico, da Rede Globo, acabou, Matheus pediu licença e foi dormir.

No outro dia acordou cedo, tomou café com seus pais, arrumou-se e foi até o mesmo ponto de ônibus que ia diariamente desde que começara o ensino médio. Atento, tomou nota de quase todas as lições do professor de Direito Penal. E, quando a aula acabou, almoçou no Restaurante Universitário. O horário que precisava se apresentar no escritório era às 13h30mim, porém sempre chegava antes.

– Oi, Humberto. Ainda não saiu do escritório?

– Pois é, Matheus. Estou meio empenhado hoje!

– O que houve?

– Tem uma namorada minha de Florianópolis, a Madalena, que chegou hoje.

– Como assim? Sabia que a tua namorada era de Santa Maria!

– Aí é que tá o problema, na verdade tenho duas namoradas! Mas essa outra sabe, e mesmo assim me apronta essa de vir pra cá.

– Puxa vida, você é mesmo maluco! O que vai fazer agora?

– Ainda não sei bem, mas estou tendo uma ideia! Por acaso, você poderia me ajudar?

– Claro que sim. O que posso fazer por ti?

Humberto era um homem de 60 anos, aposentou-se como comissário de polícia e foi trabalhar como investigador particular no escritório de Heitor Romano. Além de ser um excelente profissional, era o melhor amigo do advogado e, para Matheus Britto, tratava-se, de longe, da pessoa mais divertida que conhecera. Logo, tornaram-se grandes amigos.

– Essa mulher é muito esperta, se ela pedir os documentos diga que perdeu e confirme o que vou falar.

Saíram do escritório, avisaram a secretária, que acabara de chegar, que iam demorar um pouco. Foram até a garagem e entraram no carro modelo Monza que Heitor lhe deu de presente de boas–vindas quando começou a trabalhar para ele.

Quando estava a poucas quadras da casa em que Madalena estava hospedada, Humberto ligou um giroflex no maior volume possível, e começou a acelerar o carro.

– Que isso, Humberto? Está louco! O senhor não é mais policial.

– Confia no teu amigo! Uma vez polícia, sempre polícia!

Estacionou na frente da casa. Ouvindo as sirenes, Madalena saiu para fora.

– O que aconteceu, amor? Desliga isso, por favor? Que barulho ensurdecedor.

– Desliga o quê? – perguntou.

– Ora o quê? Esse giroflex!

– Ah, desculpa! Estou tão acostumado que às vezes nem percebo – mentiu, e desceu do carro com duas pistolas na cintura.

– Está tudo bem? – questionou, assustada.

– Nem sabe o que aconteceu! Vou ser avô.

– Mas nem sabia que você tinha filhos! Por que nunca me falou?

– Sou polícia, prendi muita gente da pesada. Tenho medo que façam algo ruim contra o meu único filho e por isso falo pouco dele.

– Puxa vida.

– Aquele é o meu filho. Desce do carro aí.

Ouvindo atônito a conversa, Matheus não sabia o que fazer, mas lembrou dos conselhos do seu amigo. "Quando estiver mentindo, o importante é acreditar no que está falando".

– Olá, muito prazer. Meu pai me falou muito bem de você.

"Galo velho, não é que o garoto tem futuro mesmo. Achei que era exagero do chefe", pensou feliz.

– Muito prazer, meus parabéns. Soube agora que vai ser pai.

– Aí é que está o problema. Devo ter feito muita coisa errada nesse mundo para ser castigado assim – falou Humberto.

– Por Deus. Viu bem o que está falando? – retrucou Madalena.

– Calma, deixa primeiro te contar o que aconteceu. Não estou brabo por ele ter engravidado uma mulher. O problema é que ele engravidou a noiva do Magrão!

– Mas quem é Magrão?

– É o maior traficante da região. O filho da puta descobriu e ameaçou o meu filho. Posso te contar um segredo?

– Claro que sim.

– O que vou falar é muito sério. Jura mesmo que vai guardar segredo?

– Está começando a me assustar. Fala de uma vez.

– Hoje cedo dei um tiro na cabeça desse traficante e estou atrás do outro jagunço que fugiu. As coisas vão ficar feias por aqui. Fiquei muito preocupado com a tua segurança!

– Oh! meu Deus, já vou arrumar minhas coisas e voltar para Florianópolis!

– Desculpa, amor. Infelizmente acho que tem razão. Quando chegar me liga para dizer que está em segurança. Vou sentir saudades.

Assustada, beijou Humberto e foi embora o mais rápido que pôde.

Antes das 14 horas, chegaram de volta ao escritório. Heitor Romano os esperava, quando a secretária lhe disse que os dois haviam saído, imaginava que Humberto deveria ter aprontando alguma de suas peripécias. Ao ouvir a história, o advogado não conseguia parar de rir. Para surpresa de Matheus, muito embora as inúmeras responsabilidades que tinha, Heitor mostrou-se ser um homem divertido e brincalhão, e a expressão comumente séria que demonstrava em público, nada tinha a ver com a rotina que levava com os amigos e funcionários.

– Tem certeza que ela foi mesmo embora, Humberto? Não vai me arrumar de essa mulher aparecer furiosa por aqui!

– Certeza é pouco, Dr. Heitor. Estava em pânico, fiquei até meio triste.

– Opa, por que razão? – perguntou seu chefe.

– Ué, se ela gostasse mesmo de mim, ia querer enfrentar a gangue do Magrão do meu lado.

– E eu ainda pergunto achando que era sério! – respondeu aos risos.

Trabalharam até a noite dar os seus primeiros sinais de que estava chegando. Em regra, Matheus pegava o ônibus e ainda ajudava os pais nas tarefas domésticas da chácara.

– Pois bem, vou precisar que os dois façam mais uma diligência. Já avisei o teu pai que vai chegar tarde – disse o advogado.

– Sim, senhor – respondeu o obediente estagiário.

– Confie aí no teu amigo, ele já deixou tudo organizado – disse, piscando a Humberto e dando umas risadinhas.

"Qual será a diligência que precisamos fazer a essa hora?", pensou curioso, mas não teve coragem de perguntar. Saíram mais uma vez de carro. O escritório de advocacia localizava-se no centro de Santa Maria, era uma peça comercial no andar térreo de um dos prédios mais valorizados da cidade. Não era um imóvel grande, mais muito bem dividido e organizado. Os clientes que entravam se deparavam com uma sala de espera com requintes de luxo, ao lado da mesa da atendente, uma porta ligava a mais quatro peças: um banheiro, a biblioteca onde Heitor Romano fazia as pesquisas, a sala principal que era para os atendimentos e, por último, o local onde Matheus e Humberto dividiam, cada um com sua mesa, cadeira e máquina de escrever.

Depois de percorrerem cinco quarteirões, Matheus rompeu a timidez e indagou o que fariam. Sem responder, Humberto trocou de assunto, andou mais algumas quadras até alcançar a rua Duque de Caxias.

– Guarda bem o nome dessa rua.

– Sim, pode deixar – respondeu.

– Não vai me perguntar por quê? – perguntou intrigado.

– Foi o senhor que me ensinou que eu devo ouvir tudo e falar somente o necessário.

– Relaxa, rapaz. Isso eu te disse sobre o trabalho!

– Mas estamos trabalhando. O Dr. Heitor disse que precisávamos fazer uma diligência.

Humberto teve vontade de revelar o que fariam, mas não poderia estragar a surpresa. Naquele momento, deu-se conta que Matheus Britto era um excelente estudante, e sua disciplina e obediência poucas vezes vira em seis décadas de existência. Porém ainda lhe faltava muita malícia e malandragem para ser um grande criminalista como o chefe. "Também o garoto só tem 17 anos, se bem que nessa idade eu já era bem mais esperto", pensou confuso.

Quando luzes vermelhas se destacaram na escuridão, Humberto disse:

– O Dr. Heitor pediu para nós investigarmos o motivo dessas luzes estranhas. Tem alguma ideia do que seja?

– Nem imagino, mas vejo que tem cinco casas com essas luzes na frente.

– Qual delas você quer ir primeiro?

– Não sei, por mim tanto faz.

"Santa ingenuidade", pensou. Antes de escolher, o velho policial com faro para rastrear problemas, deu uma averiguada. Constatou que na primeira casa tinha uma motocicleta com placas de outra cidade estacionada na frente; na segunda dois caminhões estacionados no pátio, e quando observou a terceira casa, notou que não havia ninguém. "São uns mesquinhos mesmo, não vão na melhor casa por conta de umas migalhas a mais".

– É hoje seu dia de sorte, Matheus.

– Por que, Humberto?

– Já vai ver!

Desceram do carro, caminharam por alguns metros, e ouviram uma voz feminina:

– Meu Italiano lindo! Quanto tempo não me visita! Achei que estivesse brabo comigo.

– Nunca vou estar brabo contigo, minha princesa linda – respondeu.

Angel era uma prostituta com 25 anos, com abdômen definido, loira e de boca carnuda, tinha gosto de morango, segundo aqueles que a haviam provado. Pelo que contam, foi responsável por, no mínimo, três divórcios e um suicídio depois que o depravado gastou toda a herança com a famosa prostituta. Quando estava prestes a falir, ainda se gabava de ser o único macho que dormiu com ela durante dois anos sem uma única noite de intervalo.

A taradeza do homem era tão grande a ponto de tornar-se uma lenda na região, e quando desconfiavam que um garoto entrava na puberdade, chamavam–no pelo nome do falecido. Para sorte da família, que morria de vergonha dos comentários maldosos, o delegado de polícia responsável pela investigação do suicídio escondeu a carta em que ele escreveu seus últimos delírios. Nas cinco páginas em que contou os prazeres eróticos que o levaram ao próprio enforcamento, afirmou nas derradeiras linhas que Angel, na verdade, era a reencarnação da Deusa Afrodite.

– Por isso que te adoro! Sempre educado e bem vestido.

"Será que ele tem uma terceira namorada?", pensou Matheus.

– Deixa eu te apresentar o meu colega, esse é o Matheus.

– Olá, tão novinho assim e já é policial, eu me chamo Angel.

– Ele não é policial, é estudante de Direito.

– Ah, claro, tinha esquecido que você estava trabalhando para o Dr. Heitor Romano. Falando nisso, por que ele nunca veio aqui?

– O Dr. Heitor é um homem fiel...

– Só de ouvir isso, fico toda excitada – falou, interrompendo Humberto.

Aquelas palavras surpreenderam Matheus, que até então estava acreditando estar ali por conta de uma diligência. No entanto, foi ele quem ficou excitado vendo a mulher vestida com uma calça de couro preta e uma blusa que exaltava o tamanho dos peitos em contraste com uma barriga bem definida.

– E aí, garoto, o que achou dessa mulher?

– Para Humberto, vai deixá-lo envergonhado.

– Por isso mesmo que eu o trouxe!

– Como assim? – perguntou Angel.

– Ele é muito tímido. Já tem 17 anos, está na hora de perder não só a vergonha, como também a virgindade.

O rosto de Matheus avermelhou-se, não sabia o que fazer, mas ao mesmo tempo, teve vontade de beijar a mulher. Atônito, permaneceu calado.

– Olho só o vermelhão dele, Humberto. Não fique assim, meu lindo – disse Angel, esfregando a mão em suas costas.

Matheus precisou se conter para não gozar nas calças, o cheiro de Angel provocou-lhe um tesão que jamais havia sentido na vida. Até então, suas experiências sexuais não passavam de meras masturbações.

– Pois bem, vou dar uma volta – disse Humberto.

Ao se dirigir para o carro, Matheus fez menção de segui-lo. Humberto teve vontade de rir. "Deixa de ser pateta, garoto. Mais uma dessas te deixo no carro, e vai ser eu quem vai entrar na casa da luz vermelha", pensou.

– Angel, acho que o Matheus não entendeu. Pode dar as boas–vindas pra ele? Volto em uma hora.

Nesse momento, a famosa prostituta tocou com as mãos em seu membro e o carregou até a casa. Por mais de uma hora, permaneceram juntos. Foi naquela noite que Matheus Britto conheceu os prazeres do sexo. A partir de então, aos poucos foi perdendo a ingenuidade e colecionando algumas namoradas da faculdade. Uma hora e meia depois, Humberto voltou:

– E aí, Angel me conta como foi?

– O Matheus será um belo amante. Traga ele mais aqui para me ver – disse, despedindo-se com um beijo em seu pescoço.

– Esse é o meu garoto! – gritou Humberto, não contendo a felicidade.

Saíram dali e foram jantar em um restaurante italiano. Aquela noite ficou na memória de Matheus pelo resto dos seus dias, e, quando se aproximou da velhice, adorava contar aos netos que perdeu a virgindade horas antes de comer pizza pela primeira vez. "Está falando sério, vô! Eu não acredito que te levaram a um cabaré quando era menor de idade, e ainda é mais difícil de acreditar que nunca tinha ido em uma pizzaria", retrucava um dos seus netos. "Eram outros tempos, meu rapaz, mas eram bons tempos", respondia causando indignação nas netas.

Chegou na chácara perto da meia–noite. Humberto o deixou na entrada para seus pais não acordarem com o barulho do carro, e despediram-se com um abraço. Matheus caminhou com a ponta dos pés, mesmo assim, o cachorro pastor alemão que tinham acordou e veio em sua direção.

– Silêncio, Lessi. Não vai acordar meus pais – disse, como se o cachorro pudesse compreendê-lo.

E, por alguns instantes, sentou-se ao lado do cachorro, e observou as estrelas que despontavam na escuridão da noite.

– Olha lá, Lessi, que coisa mais linda. Está vendo um meteorito brilhar? – falou, mostrando para o cachorro.

Foi a noite até então mais feliz na vida de Matheus. Entrou em casa, sem fazer barulho, deitou na cama e dormiu. Horas depois, o despertador tocou, e sua rotina de estudo e trabalho começou novamente.

Depois do almoço, foi o mais rápido que pôde ao escritório. Ao entrar, para sua surpresa, a única pessoa que estava lá era o Dr. Heitor Romano.

– Olá, chefe. Não vai almoçar?

– Comi um sanduiche, terei um dia cheio hoje.

– Verdade, sei que o senhor tem duas audiências pela tarde.

– Mas isso não impede que possamos tomar um café – falou mostrando-lhe a cafeteira, que exalava um cheiro fresco. – Que acha da ideia?

– Eu adoraria.

Quando viu Heitor Romano servindo as xícaras de café, relembrou da companhia de Angel e fez força para evitar uma ereção.

– Soube que tiveram uma noite e tanto ontem! O Humberto é meio exagerado, mas um pouco deve ser verdade.

– O que ele falou para o senhor?

– Que a prostituta se apaixonou por ti, e quando foram embora ela começou a chorar de saudades.

Por alguns segundos, riram. O rosto de Matheus avermelhou-se de vergonha, e tentou desmentir a história inventada pelo amigo.

– Mas, enfim, quero te contar uma coisa. Primeiro, não diga aos seus colegas que transou com uma prostituta. Logo a história vai se espalhar e vai ter dificuldades em encontrar uma mulher decente para namorar ou até mesmo casar.

– Sim, senhor. Não contei a ninguém, mas confesso que não havia pensado nisso.

– Segundo, essa mulher que você transou é um ser humano. Certamente, está nesse trabalho porque não teve outras oportunidades. Sabe-se lá o que já passou em sua vida. Portanto, trate-as sempre com muito respeito!

– Claro que sim, chefe – respondeu, impressionado.

– Terceiro, quando eu era jovem, um velho e sábio político da nossa região me ensinou que: "A trajetória da vida é algo muito complexo e indecifrável. Já vi um homem poderoso ser derrotado pelo testemunho de um mendigo, mas também já presenciei exatamente o contrário. E isso aconteceu em um mesmo julgamento." Sabe a razão disso? – perguntou.

– Nem imagino, Dr. Heitor – respondeu sem ter a menor noção do que estava ouvindo.

– Na época que ele me fez essa afirmação, tinha a mesma idade que você e dei a mesma resposta.

– O senhor pode me explicar?

– Claro. O que foi derrotado costumava ser arrogante e enfadonho, principalmente com as pessoas simples. O que foi salvo, era um homem que tratava todos, independente da classe social, cor ou religião, com respeito e dignidade. Na verdade, os dois eram culpados, mas o mendigo lembrou da maneira como era tratado por ambos...

– Então, quer dizer que ele mentiu e pode responder pelo crime de falso testemunho? – interrompeu.

– Não estou querendo te dar uma aula de processo penal! – disse, com a voz firme.

– Ah, desculpa – falou envergonhado. – Por favor, continue me explicando.

– Se conselho fosse tão bom não seria de graça. Qualquer ignorante sai dando conselhos e ditando regras. Porém, o que vou te falar peço que jamais esqueça, independentemente da posição social que chegar: Humildade e gentileza são virtudes imprescindíveis para uma vida de sucesso e felicidade. Contudo, jamais confunda humildade com covardia!

No segundo semestre de 1985, Matheus cursou seis matérias na Faculdade de Direito e foi aprovado em todas, com notas exemplares. Porém, nada teve mais valor do que os 10 minutos de conversa que teve com seu chefe, no dia posterior de perder a virgindade.

Aquelas frases foram tão fortes e marcantes que moldou o caráter daquele jovem estudante de Direito. Décadas mais tarde, quando estava prestes a completar 90 anos, um dos enfermeiros deixou cair um copo cheio de suco de uva em sua cama. Vendo a besteira que tinha feito, implorou:

– Pelo amor dos meus filhos, Dr. Matheus, me desculpa!

– Calma, meu amigo. Não foi nada, acho que até me fez um favor. Estava querendo trocar esse lençol.

Vendo a expressão de alegria no rosto daquele ancião, respondeu:

– Por um momento achei que perderia o emprego, mas daí me lembrei que era o senhor. Posso fazer uma pergunta?

– Claro, meu rapaz – respondeu com um tipo de gentileza que somente os sábios podem ter.

– Qual é o segredo do senhor ter tido uma vida de tanto sucesso e, ao mesmo tempo, ser muito gentil?

– Uma vez um velho amigo, já falecido há muitos anos, me disse que se conselho fosse bom não seria de graça...

– Como assim? Não entendi.

– Na verdade, naquela época não tinha um tostão. Contudo, daria um jeito de trabalhar e pagar a quantia que ele me cobrasse para ouvi-lo – respondeu e explicou ao enfermeiro a conversa que teve aos 17 anos com seu chefe.

· ◆ ◆ ◆ ·

O final do ano de 1985 aproximava-se. Fazia uma semana que Everton estava sozinho em casa. Jeferson avisou que faria uma pequena viagem, mas não foi capaz de avisar onde estava. "Será que meu pai morreu? ", pensava. Desde que Juliette fugira para Porto Alegre com Tião, nunca mais receberam notícias do seu paradeiro. "Melhor não saber mesmo daquela puta", dizia quando alguém se atrevia a perguntar por ela.

O parco estoque de comida estava acabando e o dinheiro que Jeferson deixou foram gastos em grande parte comprando cigarros de maconha. Everton não tinha a quem recorrer; os parentes de Juliette não aguentaram a vergonha e foram embora da cidade; os de Jeferson tornaram-se inimigos dele depois de contarem uma brincadeira maldosa, dizendo que não o convidariam mais para o time de futebol da família, pois as guampas o fariam furar a bola e estragar a partida.

Os cigarros de maconha que fumava durante o dia estavam começando a deixá-lo mais devagar. Porém, se não fumasse, a vontade desenfreada de matar a própria mãe e Tião o deixava descontrolado. Depois do acontecido, nunca mais passou na frente da Confeitaria Copacabana. Olhou no armário e viu que restava apenas um saco de bolachas e duas fatias de pão envelhecido. Vendo a miséria que estava acometido, lembrou da empada de camarão e o chocolate quente e sentiu uma mistura de fome com ódio.

Fazia mais de dois meses que jurou abandonar a vida criminosa, assustou-se com um tiro que lhe raspou o ombro no assalto mal planejado que fizeram a uma lotérica. Por sorte, não acabou detido como os outros dois comparsas que, mesmo diante da pressão recebida pela polícia, não o entregaram. No entanto, a alternativa que encontrou foi procurar os antigos parceiros. Saiu de casa, andou alguns quarteirões e os encontrou em um beco, conhecido pela autoridade policial e denominado pelos moradores da região como "toca da maldade".

– E aí, rapaziada, o que temos para hoje? – perguntou a uns delinquentes que estavam reunidos em uma boca de fumo.

– Olha quem deu as caras – disse Técio, o mais velho. – Ouvi falar que depois que levou um beliscão no ombro tinha deixado de ser bandido!

– Uma vez bandido, sempre bandido – respondeu mostrando a arma na cintura. – E não foi beliscão, levei a porra de um tiro!

– Esperava ser recebido com carinho, mané – intrometeu-se Juvenal, um jovem de 15 anos, que se gabava de já ter matado duas pessoas.

– Vem cá que vou te dar um carinho, seu filho de uma puta – disse, mostrando o revólver calibre 32 que portava.

– Olha quem falando em filho da puta!

– O que você falou, seu merda?

–É isso mesmo o que você ouviu! Vai perguntar para o Tião quem é filho da puta.

– Piá de merda, vou largar o meu cano e vamos fazer uma de mano. Se for homem, larga esse teu canivete e vamos sair no braço!

– Calem a boca – gritou Técio. – Mais uma palavra e dou um teco na cabeça dos dois – falou, mostrando uma pistola 9 milímetros.

Com medo, os dois silenciaram. "Só quando aqueles dois vagabundos morrerem é que vou ser respeitado", pensou.

Técio teve a informação de que, perto do meio-dia, dois funcionários de uma loja de sapatos levariam o dinheiro obtido dos lucros das vendas do Natal até um banco. Em princípio, estariam desarmados, mas sabia que não podia confiar naquela informação dada pelo próprio gerente que estava desgostoso com o salário, e exigiu uma comissão de 40 por cento da empreitada criminosa.

Precisariam ser velozes, o trajeto da loja ao banco era um pouco mais de cem metros. Resolveram que Técio ficaria na esquina com o carro ligado. Everton e o seu desafeto de 15 anos fariam o assalto e correriam até o veículo. Depois de acertarem os últimos detalhes, inclusive a porcentagem de cada um sobre o valor roubado, entraram no veículo e foram até o centro.

No meio daquela tensão, quando discutiam os últimos pormenores do assalto, Everton sentiu uma euforia ao relembrar o gosto das iguarias da Confeitaria Copacabana, então o receio de levar um tiro ou até mesmo ser detido desapareceu.

– Presta atenção, moleque – gritou Técio vendo sua distração. – Parece até que está vendo fantasmas.

– Que isso, estou pronto! Vamos à luta! – disfarçou.

O carro parou a poucos metros da loja. Esperaram alguns minutos, e bem na hora afirmada pelo funcionário descontente, dois homens saíram do estabelecimento, cada um com uma sacola.

– Vamos, desçam do carro e façam o serviço. Sejam rápidos e evitem disparos!

Com os rostos encobertos por um capuz, alcançaram os homens em breves segundos.

– Larga a porra da sacola! É um assalto! – gritou Everton, apontando o revólver para o homem com o porte físico maior.

– Calma, não atira! – disse o outro.

– Então passa pra cá, seu merda.

– Por favor...

– Mais uma palavra e leva um tiro na cara!

– Eu tenho família e filhos para criar.

Por incrível que pareça, as palavras família e filhos despertaram uma raiva súbita em Everton. Anos mais tarde, um psicólogo do presídio lhe explicou que o motivo de tanto ódio foi porque o pedido de clemência do homem relembrou a situação em que fora criado.

– Então, diz que mandei esse presente pra eles! – e disparou um tiro em seu joelho.

Com o disparo, o funcionário da loja caiu gritando de dor, implorando pela vida. Pegaram as sacolas e saíram em direção ao carro. Como combinado, Técio os esperava dentro do carro com o motor ligado. Entraram e saíram em fuga.

– Que foi isso, porra! Eu disse para evitarem os disparos.

– Calma, chefe. Deu tudo certo! – respondeu Everton.

– Tudo certo o caralho. Está escutando o barulho das sirenes?

– Sim, e daí? Deve ser uma ambulância atendendo aquele idiota.

– Seu imbecil, não sabe diferenciar o barulho de uma ambulância para os carros da polícia? Moleque burro!

– Então acelera essa carroça – respondeu Juvenal.

A cada quarteirão o barulho parecia estar mais alto, e logo avistaram duas viaturas perseguindo-os. Não demorou muito para um terceiro carro aparecer com as sirenes ligadas.

– Eles estão nos cercando! Não vou entregar a grana – falou Everton carregando o revólver.

– Cala a boca, garoto! Quer atirar na polícia, por acaso? – gritou Técio.

– Por que acha que estou carregando o meu cano? E você aí, também está com medo? – questionou Juvenal que parecia estar vendo almas penadas de tão assustado.

– O chefe tem razão.

– Bando de covardes! – retrucou rindo.

A ideia de um eventual confronto deixou Everton animado. Na verdade, ele não tinha mais vontade e muito menos motivo para viver. Calculando o que estava para acontecer se reagissem, Técio agiu rápido e quando fez uma curva, pegou o revólver da mão de Everton e jogou pela janela.

– Que isso, porra? Está maluco!

– Estou salvando nossas vidas, seu maluco insolente. Não está vendo que se revidar nós três vamos morrer?

– Bandido com medo de morrer! Essa é boa!

Andou por mais um quarteirão e parou o carro.

– Não me diz que está se entregando? – berrou Everton.

– Caso queiram continuar respirando, desçam e se entreguem.

O líder e o menor de quinze anos desceram do carro com as mãos para cima e se entregaram. Everton pegou uma das sacolas e empreendeu em fuga correndo em direção a uma rua que dava acesso à escola pública. Sem alternativas, escondeu-se no colégio.

Com os dois algemados e sendo conduzidos até a delegacia dentro de uma viatura, a polícia cercou o prédio.

– Último aviso! Saia com as mãos para cima, senão vamos atirar. Você está cercado!

“Se ao menos tivesse com a minha arma, esses merdas iam aprender a me respeitar”, pensou, amaldiçoando o líder e jurando vingança contra os dois; um pelo motivo da covardia, o outro por ter zombado dele.

– Se tem algum homem aí, venha me buscar de mãos limpas! Para início de conversa, estou desarmado.

– Ouviu o que o moleque falou? – disse o policial Juarez.

– Calma, Juarez! Não vai te arriscar à toa!

– Está me dizendo, capitão, que devo ter medo de um moleque fanfarrão que nem deve saber limpar a bunda?

– É só mais um vagabundo! – respondeu irritado.

Juarez Culari era um policial militar linha dura, conhecido e temido por criminosos, já matara diversos delinquentes, uns com disparos de arma de fogo, outros com as próprias mãos. Além de policial, era professor de karatê e judô.

– Faz o seguinte, capitão, passa um rádio e manda os colegas darem um esquenta nos outros dois vagabundos para ver se o merdinha está armado ou não.

– Tem certeza, Juarez?

– Claro que sim. Se ele estiver armado, mato ele em um instante. Se estiver desarmado, não posso deixar passar em branco o desafio!

– Que desafio? – perguntou o oficial.

– Ora, que desafio! Não ouviu ele perguntar se tem algum homem aqui para ir até lá sem arma?

– Nossa Senhora, Juarez. Vai cair na provocação desse garoto?

– Então, capitão. Creio que o senhor não vai deixar que um merda desse deboche da Polícia Militar.

Vendo a reação dos outros colegas de farda, o oficial silenciou. Em seguida, chegou a confirmação dada pelos dois outros comparsas que ele estava desarmado.

Sob aplausos, Juarez entregou ao capitão seus dois revólveres, uma faca com cabo em formato de soqueira, e gritou:

– E aí, cagalhão, vai fugir ou encarar?

– Estou te esperando, seu policial de merda. E já liga para o teu dentista!

– Meu Deus, isso não vai acabar bem. – disse o capitão.

– Agora ninguém segura o Juarez. Seria bom já avisar aquele granfino que sempre defende ele. Alguém lembra o nome do advogado? – perguntou um sargento preocupado.

– Sim, é o Dr. Heitor Romano, não sei como o Juarez tem dinheiro para pagar ele! – insinuou um soldado com um sorriso prejudicado pela falta de dois dentes dianteiros.

– Cala a boca, soldado! – gritou o capitão. – O Dr. Romano é como um irmão pra ele, sorte sua o Juarez não ouvir.

– Tá querendo perder o resto dos dentes, soldado? – perguntou um sargento.

– Não, senhor! – respondeu com um misto de pavor e vergonha.

Juarez Culari estava animado, nada o deixava mais feliz do que um confronto, muitos dos seus colegas diziam que ele nasceu na época e no país errado. Deveria viver em um local que estivesse em guerra. Adorava quando falavam isso, não era um homem pacífico, mas era um policial honesto que odiava criminosos de rua e corruptos de farda.

– Como é teu nome, garoto? – perguntou enquanto cruzava o portão do colégio.

– Sou aquele que vai te arrebentar no meio, não interessa meu nome – gritou Everton.

– Olha só que corajoso – respondeu rindo, enquanto tirava a parte de cima da farda.

Ao ver a musculatura de Juarez, Everton sentiu uma pontada de medo. No entanto, já era tarde para desistir da briga.

– Vai sair do colégio ou vou precisar ir aí te buscar?

– Estou saindo – respondeu Everton.

– Que é isso? – perguntou o superior, vendo a movimentação dos policiais.

– Estamos apostando, capitão.

– Apostando no que, porra?

– Eu mesmo, apostei que a luta vai demorar menos de dois minutos. O senhor não quer fazer uma fezinha também?

– Fezinha é o caralho, não estão vendo que estamos trabalhando?

A maioria dos policiais apostou que a luta demoraria menos de um minuto, e apenas um soldado que não conhecia Juarez arriscou em apostar que ele perderia a briga.

Enquanto isso, Everton relembrava a desgraça da sua vida: a imagem do bilhete da sua mãe que o largou levando todo o seu dinheiro, as xingadas que recebia do pai, a geladeira vazia, em comparação com os doces e salgados da Confeitaria Copacabana... Isso tudo fez sua mente ser dominada pelo ódio. Saiu por uma porta e correu em direção a Juarez. Quando estava a pouco mais de um metro dele, deu uma voadora, mas não tocou em nada. Com uma agilidade extraordinária, Juarez rolou por baixo dele.

– Já passou dez segundos, acho que vou perder – relatou um sargento que apostou que a briga não demoraria um minuto.

Já em pé, Juarez olhou para o garoto e disse:

– Ainda tem tempo de desistir, fedelho?

Na verdade, viu que se tratava apenas de um jovem, e a vontade que tinha de arrebentá-lo pelos gritos que deu, diminuiu ao vê-lo.

– Está com medo agora, seu pé de porco!

"Vagabundo abusado, merece mesmo apanhar", pensou. Deu dois passos em direção a Everton e o atingiu com um chute no queixo e, antes que caísse no chão, desferiu dois socos no seu estômago. O oponente caiu desmaiado como se fosse um saco de batata atirado por um estivador de cima de um contêiner.

– Eu ganhei, deu 54 segundos! – esbravejou um tenente, mostrando um cronometro em uma das mãos.

No mesmo momento que ajustavam o pagamento das apostas, uma professora assustada tentava acordar Everton. Demorou alguns minutos para que retomasse a consciência. Ainda zonzo, perguntou:

– O que aconteceu?

– Poderia ter morrido, menino. Você tem a idade do meu filho mais novo. Que tipo de vida quer ter? – questionou a professora preocupada.

– Vida de bandido, dona.

– Mas por quê? – perguntou incrédula.

– É a única opção que eu tenho...

A professora experimentou uma tristeza com aquelas palavras. Queria saber os motivos, mas foi interrompida por Juarez que levantou Everton, algemando-o.

– Calma, seu policial, amanhã é Natal.

– Mais um motivo para prendê-lo!

– Como assim?

– Acha que amanhã ele vai rezar pelo menino Jesus?

Sem saber o que responder, a educadora ficou em silêncio.

Era a primeira vez que Everton experimentava uma algema nos pulsos. A maioria das pessoas sentiriam pânico, porém a situação de cerceamento da própria liberdade não lhe causou qualquer aversão. Era como já estivesse preparado para uma situação como aquela. Na verdade, quando se deu conta de que mais de vinte policiais estavam ali para prendê-lo, sentiu uma espécie de orgulho que as pessoas desacostumadas com o submundo do crime jamais entenderiam.

– Da próxima vez que me desafiar, não vou perder tanto tempo e vou te colocar uma bala na cabeça – disse Juarez, apontando uma pistola 9 milímetros em sua testa.

– Calma, Juarez – disse um tenente com os bolsos cheios de dinheiro por conta da aposta.

– Não se preocupe, tenente. Estou apenas dando um aviso, não bato em chinelo algemado – respondeu, jogando Everton dentro da viatura.

Com as sirenes ligadas, demoraram poucos minutos para estacionar na frente da Delegacia de Polícia. Técio, por ser maior de idade, foi autuado por tentativa de latrocínio e encaminhado ao Presidio Regional de Santa Maria; Juvenal, por ter colaborado com a autoridade, e também sob os argumentos de que se arrependera e de não saber que Everton estava armado, foi liberado.

A cena dele, deixando a delegacia em liberdade na companhia dos pais pelo fato de tê-lo dedurado, fez com que Everton jurasse a si mesmo que iria matá-lo assim que conseguisse a sua liberdade.

– Olha aí que baita parceiro – disse Juarez rindo. – Vai passar o Natal em casa rindo de ti.

– Covarde de merda – respondeu Everton.

– Está falando comigo? – perguntou Juarez.

– Não! Estou falando daquele bosta cagueta – gritou, apontando para Juvenal, que ouviu, dando-se conta da besteira que acabara de fazer.

O delegado de polícia estava sem paciência, queria fazer os trâmites do flagrante o mais rápido possível, sua família veio de longe para vê-lo no Natal. Por Everton ser menor de idade, precisaria de um responsável para acompanhá-lo na Delegacia.

– E aí, marginal de merda, onde estão seus pais? – perguntou a Everton.

– Sei lá eu!

– Como assim? Está de sacanagem pra cima de mim? – questionou o intimidando.

– Não estou de sacanagem. Minha mãe fugiu tempos atrás, e meu pai faz dias que não aparece em casa.

Vendo que Everton dizia a verdade, o Delegado sentiu até um pouco de pena dele, mas ao lembrar que deu um tiro em um trabalhador e desafiou a polícia, logo a pequena compaixão que sentira transformou-se em desprezo.

– De quem você é filho?

– Jeferson Torrani.

– Ah bom, a fruta não cai longe do pé. Já prendi ele diversas vezes. Sabe se ele está preso?

– Não sei – respondeu Everton.

– Não perguntei pra você, assaltante de merda. Sabia que o coitado que você baleou pode perder a perna?

Notando a expressão de desprezo de Everton ao homem inocente que baleou, o delegado de polícia perdeu a compostura.

– Seu filho da puta! Acha que eu não sei que a vadia da tua mãe fugiu com o mestiço do Tião? Agora eu sei do motivo, talvez você não saiba, mas vou te dizer...

Ouvindo aquelas palavras, mesmo algemado com as mãos para trás, Everton levantou-se da cadeira e tentou avançar contra o delegado, mas antes de dar o primeiro passo, Juarez acertou-lhe a cabeça com um soco.

– Seu covarde, acabou de dizer que não agredia ninguém algemado.

– Por favor, delegado, tire as algemas dele então.

– Calma, Juarez. Algeme os pés dele e o amarre na cadeira. E vamos ter uma conversa até ele se acalmar. Não se preocupe que também não bato em vagabundo atado.

O escrivão voltou para a sala com a informação de que Jeferson estava preso na cidade de Caxias do Sul. Ao que foi informado, participou de um furto de máquinas agrícolas que não deu certo. No entanto, não obteve resposta do paradeiro de Juliette e de nenhum parente próximo dos dois.

– A próxima vez que tentar revidar contra qualquer policial, vou te enfiar o cabo dessa vassoura na bunda e te estripar até morrer. Está me entendendo?

– Sim, senhor – respondeu ao delegado, vendo que não tinha qualquer chance.

– E outra coisa, a vagabunda da tua mãe certamente fugiu porque não queria conviver mais com aquele lixo do teu pai, e também contigo. Ela deve enxergar você como se fosse uma miniatura daquele verme! Entendeu?

Everton permaneceu em silêncio. "Não precisa me esculachar assim", pensou. Contudo, pela primeira vez compreendeu que era uma péssima ideia comprar briga com a polícia.

– Entendeu, porra?

– Me manda de uma vez para o presídio! – respondeu com a voz firme, mas sem insultá-lo.

– Então, está me dizendo que vai confessar? Só para te lembrar, nem idade você tem para ir ao presídio, vou te mandar para a Febem.

– Sem problemas, não sou homem de me esconder. Claro que vou confessar!

– Ao menos tem um pingo de dignidade.

Sem alternativas de conseguirem um parente, nomearam uma terceira pessoa para acompanhar o procedimento policial e em menos de duas horas Everton entrava no estabelecimento destinado a menores infratores.

Ao chegar, foi saudado pelos adolescentes como um herói. A história que foram necessários mais de vinte policiais para detê-lo, espalhara-se de uma maneira diferente do que de fato aconteceu.

– É verdade que os enfrentou no soco, quando já estava sem balas no cano? – perguntou um menor acusado de matar o tio com diversas facadas.

– Só lamento que não matei nenhum daqueles merdas!

Com a resposta, somada à história mal contada, ganhou respeito de todos os menores detidos, mesmo que alguns estivessem ali por homicídios horrendos.

A vida na Febem não era fácil para adolescentes que tivessem uma casa confortável, comida e família estável. Contudo, para Everton, que não tinha nenhuma dessas três coisas, acabou até gostando da nova realidade. Lá era respeitado, nunca cortavam a luz, não era xingado nem humilhado por ninguém. Pelo contrário, era admirado. Mas o que mais gostava era de ter hora certa para as refeições. No dia seguinte da sua prisão, surpreendeu-se com a ceia de Natal, e somente sentiu um pouco de falta da liberdade quando ouviu o barulho dos fogos de artifício na passagem do ano novo.

· ◆ ◆ ◆ ·

Era dia 10 de janeiro de 1986, poderia ser apenas mais uma sexta-feira, mas para a família Britto era uma data comemorativa: Matheus estava completando 18 anos. Aprovado para o terceiro semestre do curso de Direito da Universidade Federal de Santa Maria, aos poucos ganhava ares de homem, e, quando começou a se vestir melhor, até foi considerado um jovem bonito pelas colegas de faculdade. Com um nariz arredondado e olhos castanhos que combinavam com o cabelo preto sempre bem penteado, teve um primeiro caso de namoro com uma estudante de Ciências Contábeis.

Pela manhã chegou ao escritório. Por estar em férias da faculdade, Heitor propôs que ele trabalhasse cedo, para que estivesse liberado pela parte da tarde a fim de ajudar os pais nos cuidados da chácara.

– Esse é meu garoto. Meus parabéns! – disse Humberto ao vê-lo chegando. – Achou que eu ia esquecer! – abraçou-o entregando um pacote.

– Oi, Humberto. Muito obrigado!

– Abre de uma vez! Espero que goste. Mandei fazer lá em Ivorá.

Matheus abriu o pacote e ficou impressionado com um conjunto completo de chimarrão com símbolos gaúchos.

– Nossa, muito obrigado.

– A parte melhor vem à noite!

– O que você está aprontando dessa vez?

– Nada! Apenas uma surpresa.

– Meu Deus, diga de uma vez! A última surpresa quase me matou de vergonha.

– O Dr. Romano me disse que organizou um churrasco hoje no sítio para comemorar o teu aniversário. Posso levar uma amiga?

– Claro que sim, imagina. Você é meu melhor amigo, pode levar quem quiser!

– Ah tá bom, então. Ela vai ficar muito feliz em conhecer os teus pais. Aliás, posso apresentá-la como nora, então.

– Mas de quem está falando?

– Ora de quem? Da Angel, quem mais seria?

– Você está maluco!

No momento em que riam sem parar, Heitor entrou no escritório. O advogado estava com 47 anos. Muito embora tentasse levar uma vida leve, seu rosto denotava as rugas de um criminalista que via diariamente as mazelas do mundo. Quando ouviu a conversa de Humberto, para pavor do aniversariante, confirmou a história.

O fórum estava fechado por conta do recesso. Usavam esses dias para colocar as demandas do escritório em dia e atender alguns clientes de maior urgência. Depois de conversarem sobre um processo de homicídio, em que um fazendeiro era acusado de matar um ex–empregado bêbado, a secretária avisou o Dr. Heitor que um cliente precisava falar com ele pelo telefone:

– Bom dia! – entoou uma voz embargada pelo choro.

– Olá, como posso ajudá-lo, seu Crespin?

– Meu filho foi preso de novo!

– O que aconteceu?

– Parece que se envolveu em uma briga, alguém deve tê-lo provocado. Ele é um bom menino, apenas tem muito azar. Estou com problemas nas minhas pernas, por acaso o senhor poderia vir na minha casa? Lógico que vou pagar os seus honorários.

– Está bem. Antes vou descobrir o que aconteceu e depois vou aí – disse, desligando o telefone.

– O que aquele merda fez agora? – perguntou Humberto.

– Não sei, mas vamos descobrir!

– É melhor você não ir lá, Humberto, lembra do que aconteceu quando você estava na ativa?

– Como vou esquecer, esse velho abusado está apenas pagando o que plantou durante a vida.

Curioso, Matheus conteve-se em perguntar, uma das primeiras lições que recebeu foi observar mais do que falar. Quase uma década atrás, Humberto prendeu dois jovens com cigarros de maconha e os conduziu à delegacia, um deles era justamente o filho de Seu Crespin.

Enquanto Heitor ligava para a delegacia e se inteirava dos acontecimentos, Humberto não segurou a raiva e começou a relembrar a história.

– Escuta bem o que vou falar, Matheus, e que sirva de lição caso decida ter um filho.

Vendo o rosto de Humberto avermelhar-se pela raiva, estimulou-o a falar:

– Pelo jeito, não gosta desse tal de Crespin.

– Velho sujo! Uma vez prendi esse bosta do filho dele junto com outro rapaz, portavam drogas. Quando chegou o pai do outro, ele se desculpou com toda a humildade, e me pediu licença para dar uma surra no filho.

– E o que você fez?

– Abri as grades e só ouvi uns estouros e gritos de “Desculpa pai, para de me bater”. Coincidência ou não, aquele rapaz se endireitou e hoje é médico.

– E o Crespin, o que fez?

– Ele chegou lá na delegacia dizendo que eu tinha enxertado maconha no filho dele! Falou que a polícia era corrupta e ainda teve a capacidade de tentar me comprar. Eu o mandei enfiar o dinheiro na bunda. Aí está o resultado, esse vagabundo deve ter uns 30 anos e só incomoda.

Matheus ouvia a história impressionado, tanto que relembrou Jeferson incentivando Everton a roubar pessoas feridas no acidente. Teve uma curiosidade em saber sobre o paradeiro do amigo, e fez uma breve conclusão da importância dos pais na vida dos filhos.

Depois do telefonema, Heitor descobriu que o filho de Crespin foi preso por ter dado uma garrafada na cabeça de um segurança de boate que o impediu de entrar. Ao que tudo indicava, a vítima estava ferida, mas sem risco de vida, inclusive recebeu uns pontos no hospital e já estava em casa. Tinha um outro problema: ao ser preso, desacatou os policiais e debochou dos seus salários, chamando-os de loucos de fome. Quando Humberto ouviu a história, não se segurou:

– Vagabundo de merda. Sei que o senhor vai defendê-lo, mas peço que cobre bem caro para aprenderem a não debochar da realidade dos outros.

Dr. Heitor e Matheus foram até a mansão em que morava Crespin. Na verdade, o homem havia herdado uma enorme fazenda de seu pai, que a cada ano ficava menor por conta do estilo de vida que escolheram.

Foram recebidos por um mordomo, visivelmente nervoso com a situação:

– Por favor, Dr. Romano, entre. O seu Crespin está furioso.

– Furioso com o filho? – perguntou imaginando a resposta.

– Não, está indignado com a polícia que prendeu o filho!

“Certas pessoas parecem que nunca vão enxergar a realidade, não importa o que aconteça”, pensou. Caminharam cerca de dez metros até a sala principal. O luxo da casa constrangia pessoas mais simples como Matheus, mas logo percebeu que todo aquele requinte não era capaz de comprar o afeto que tinha dentro de sua humilde casa. Sentado em uma poltrona com as pernas inchadas pela gota, Crespin falou ao vê-los:

– O que descobriu, Dr. Romano? – sem ao menos agradecer pela presença.

– Pois bem, seu Crespin. O Rafael desferiu uma garrafada na cabeça de um segurança que o impediu de entrar na boate.

– E ele desligou?

– Como assim, desligou? – perguntou o advogado.

– Essa imundície que impediu o meu filho de entrar, morreu?

Admirado pela frieza do homem pela vida alheia, Matheus suspirou e concentrou-se para não mostrar que estava com raiva, através da sua expressão facial. "É fácil controlar as palavras, difícil é conter as feições do corpo com situações extremas", relembrou um dos ensinamentos do mestre.

– O segurança não morreu...

– Então, por que razão o prenderam?

– Além da garrafada, o seu filho desacatou os policiais, chamando--os de loucos de fome!

– Agora é crime dizer a verdade nessa merda de país!?

O mordomo, que recebia um salário semelhante ao dos policiais, segurou as lágrimas e conteve o choro, muito embora fosse humilhado com situações parecidas como aquela, que aguentava por conta da família que necessitava sustentar.

"Que horror!", pensou Matheus. Ele nunca presenciara tamanha arrogância e falta de humanidade. Teve vontade de socar Crespin até que ele se desculpasse, porém sabia que jamais poderia ter a atitude que desejava.

Mas o fato era que Crespin precisava do auxílio de Heitor Romano, e as palavras arrogantes tiveram apenas o efeito de fazer subir o preço dos honorários advocatícios.

"Agora ele vai aprender um pouco sobre o valor do dinheiro, vou falar apenas a verdade, sem esconder os detalhes sarcásticos que não falaria a um pai decente", pensou.

– Pois bem, seu Crespin, precisamos ser racionais.

– O que o senhor quer dizer com isso Dr. Romano?

– Então, o seu filho não tem curso superior...

– Tá, mas que diabo isso importa? – interrompeu.

– Importa porque ele está em uma cela comum, certamente cheia de ratos e baratas, além de companhias indesejáveis. Ainda mais por se tratar de um rapaz rico...

– Filhos da puta! – gritou. – Coitado do Rafinha! Tira ele de lá, Dr. Romano, por favor.

Matheus sabia que seu chefe era um homem de bom coração, mas estava longe de ser ingênuo. Já vira diversas vezes o advogado não cobrar absolutamente nada de pessoas carentes vítimas de injustiça, mas esta situação era diferente.

– Vou tirá-lo o mais rápido possível, e fazer de tudo para que não fique em perigo em uma cela com depravados. Sabe-se lá o que pode acontecer!

– Vamos direto ao ponto. Quanto o senhor vai me cobrar?

– 50 mil dólares para conseguir sua liberdade o mais rápido possível.

– Puxa vida, é caro demais, sabe que sou seu amigo!

Dr. Romano sabia que ele não era amigo de ninguém, muito menos grato. Tinha consciência que se não cobrasse nada, nem ao menos teria em seu favor um sentimento de gratidão.

– O senhor sabe que é caro, porém sabe também que seu filho terá a melhor defesa. Outra coisa: para mim, esse valor não faz a mínima diferença em minha vida. Como sabe, sou um advogado rico, mas minha defesa vai fazer toda a diferença na vida do Rafael.

Matheus ficou pasmo com a arrogância do seu chefe, mas compreendeu. Seres humanos como Crespin não respeitavam a humildade, muito menos homens sem poder e influência, e Heitor Romano tinha plena consciência disso.

"Quem entende esse tipo de gente! Se eu chegasse em um carro velho e desarrumado, mesmo se oferecesse uma defesa sem honorários, ele me desprezaria e recusaria a ajuda", pensou Heitor.

– Tá bom, me dê um minuto que vou lá no cofre buscar os valores – disse, levantando-se com dificuldade e caminhando com o auxílio de uma muleta.

Minutos depois, entregou a quantia exata ao advogado e se despediram.

Heitor e Matheus foram até o presídio, conversaram com Rafael, que estava apavorado em uma pequena cela com mais 8 presidiários.

– Por favor, Dr Romano, me tira daqui. Nunca vi tantas baratas na vida!

– Calma, rapaz. No final do dia, espero que já esteja em casa. Apenas fale o mínimo possível, já providenciei para te tirarem daquela cela. Vão te colocar na cozinha. Fale o mínimo possível.

De fato, antes que a escuridão da noite chegasse, Rafael era recebido em casa aos gritos de vingança de Crespin, por invejosos terem armado uma prisão ilegal contra ele.

Na mesma noite, comemoraram o aniversário de Matheus, e a cada barulho de carro, Humberto o assustava dizendo que era Angel que estava chegando.

– E aí, Humberto, como foi a conversa com o segurança?

– Nunca vi um homem tão feliz por receber uma garrafada!

– Como assim?

– Ele disse que a quantia de um mil dólares que recebeu não ganharia em um ano de trabalho pesado, e ainda brincou que faria questão de levar outra garrafada.

– Você o alertou que não o estamos comprando? Que se trata apenas de um ato de humanidade?

– Foi a primeira coisa que falei.

– E o que ele respondeu?

– Falou que tinha certeza de que era uma caridade da sua pessoa, já ouvira falar de postura semelhante do senhor. Além do que, sabia que o pai do garoto era um escroto que jamais o ajudaria.

– Ótimo, então vamos comemorar a maioridade do nosso amigo. Chega de trabalho por hoje!

E por lá ficaram até a madrugada, rindo das piadas de Humberto e planejando o futuro.

• ◆ ◆ ◆ •

Era 28 de janeiro de 1986, já fazia mais de um mês que Everton estava detido sem uma única notícia do pai. O calor do verão era insuportável e, para amenizar, os agentes colocaram os menores em uma sala com televisão e ventilador. Assistiam, sem muito interesse, ao Jornal Nacional. Uma reportagem explicava que o ônibus Espacial Challenger explodira 73 segundos após a decolagem, matando os tripulantes, dentre eles a primeira civil a participar de um voo espacial.

– Grande merda! – disse um menor infrator.

– Everton Torrani, visita pra ti – gritou um monitor.

"Quem será? Só o que me falta é ser a vadia da minha mãe!", pensou.

Para a surpresa, era seu pai. Tinha conseguido sua liberdade uma semana antes.

– E aí, moleque! Vejo que foi pego, deu uma de mané.

– Mané é o caralho! Sou bandido, diferente de você que é pego em crime pé-de-chinelo.

– Olha o respeito, rapaz! Sou a porra do teu pai.

– Vê tu como fala, velho, não é por isso que vou deixar de te arrebentar a cara se vier de zoeira.

Era a primeira vez que Jeferson sentia medo do filho. Vendo a expressão de raiva em seus olhos, recuou.

– Calma, filho. Vim aqui para te defender. Já estou falando com o meu advogado para isso.

– É o mínimo que pode fazer – disse, virando as costas para ele – Faça isso de uma vez, já que ofereceu – gritou enquanto saia da sala.

Assustado, Jeferson procurou um advogado, já que ficou com receio de manter a mentira de que já tinha contratado um defensor. Em fevereiro, na segunda visita que fez anunciando sua liberdade, ficou claro sobre quem mandaria na casa, e Jeferson não se atreveu mais a olhar nos olhos do próprio filho.

Capítulo VI

Enfim, a vida adulta

O ano de 1989 estava prestes a terminar e o mundo apresentava ares de mudança. No dia 17 de dezembro, Fernando Collor de Mello foi eleito Presidente da República pelos votos de milhões de brasileiros, que puderam escolher depois de anos da intervenção militar. Infelizmente, não muito tempo depois, o político foi cassado do cargo sob inúmeras suspeitas de corrupção. Com memória fraca, o povo mais uma vez o elegeu, só que a Senador da República em seu Estado de origem. Mesmo assim, envolveu-se em tramoias a ponto de ser condenado a décadas de prisão pelo Supremo Tribunal Federal. Do outro lado do mundo, dias depois da eleição brasileira, o terrível ditador romeno Nicolae Ceausescu foi condenado à morte e fuzilado ao lado da esposa, Elena, sendo o único país do bloco leste europeu a ter um fim violento do regime comunista.

Apesar do tempo aplacando suas mudanças, nada disso parecia importar para a família Britto, que só pensava na formatura de seu membro mais novo.

Anos mais tarde, Matheus encomendou um estudo sobre a vida de seus ancestrais, a genealogia de sua família. E quando os historiadores mostraram o resultado, impressionou-se ao saber que foi o primeiro a conseguir um diploma de curso superior. Muito tempo depois, quando o fato foi revelado, serviu para grupos de pesquisa entenderem o tamanho do esforço que era necessário para um garoto, outrora cercado pela pobreza, conseguir mudar os rumos da própria vida.

– É hoje, Matheus, está nervoso? – perguntou Humberto, que o levava de carro junto de seus pais ao anfiteatro onde ocorreria a cerimônia.

Ao chegar, Adão e Zulmira sucumbiram à emoção ao ver o filho subir as escadas, vestido com uma toga. Sem dúvida, nem mesmo em seus maiores sonhos imaginavam vislumbrar uma cena como aquela. Tentando segurar as lágrimas, o marido disse:

– Nós vencemos!

– Graças ao bom Deus e à benevolência do Dr. Heitor – respondeu Zulmira.

– Saiba que se morresse hoje, partiria feliz e em paz.

Impressionado com a conversa, Humberto achou que a esposa lhe daria uma lição de moral por não desejar mais nada da vida, mas esperou a resposta e compadeceu-se:

– Eu também, meu amor.

O auge da formatura para a família Britto foi o momento em que Heitor Romano foi chamado para entregar o diploma a Matheus. O advogado era também professor do curso de Direito da Universidade Federal de Santa Maria, e figurava como um dos homenageados da turma de formandos.

– Parabéns, Matheus – disse o advogado, entregando-lhe o diploma.

– Nunca vou ter como agradecer o que fez por mim e pela minha família. Jamais teria me formado, se não fosse pela bondade do Senhor.

– Que isso, o mérito é todo teu.

– Nem pensar, o senhor foi como um anjo enviado a cuidar de nós. Quero que saibas que o considero como um pai – respondeu emocionado.

Sob aplausos, abraçaram-se. Os colegas sabiam da condição humilde da família de Matheus e todo os esforços que ele fez para se formar. A história, que desde o início da faculdade trabalhou no escritório de advocacia ao mesmo tempo em que ajudava os pais na chácara, plantando na horta e arrumando o jardim, circularam pela faculdade, fazendo com que até mesmo os mais insolentes o admirassem.

A cerimônia demorou mais quatro horas, principalmente pelo discurso alongado do reitor e do paraninfo da turma. Depois, foram à chácara comemorar. Para a surpresa dos Britto, Marcela contratou um cozinheiro para preparar um jantar. Por mais incrível que pareça, era a primeira vez que um desconhecido cozinhava para aquela família de origem humilde. Encantados com a pequena festa inesperada, ficaram até tarde da noite comemorando e rindo das piadas de Humberto, que precisou pernoitar por lá devido às inúmeras cervejas que ingeriu.

No outro dia, Dr. Heitor acordou Humberto, que parecia derrotado pela ressaca:

– Vamos, Humberto, acorda homem.

– Bom dia, chefe. Que horas são?

– São dez horas da noite! Achei que você tivesse morrido.

– Meu Deus, doutor – respondeu sem entender nada, olhando para a janela entreaberta. – Como assim, dez da noite? Tem luz lá fora.

– Estou brincando. São onze da manhã. Vai lá chamar o Matheus para conversarmos com ele.

– Claro, deixa eu apenas lavar o rosto!

Em menos de cinco minutos, Humberto saiu e quando o sol forte alcançou os seus olhos, teve vontade de vomitar. Caminhou alguns passos e não acreditou no que estava vendo. “O garoto virou doutor ontem, e hoje está ajudando o pai a colher na horta! Puxa vida, isso que eu chamo de humildade!", pensou e voltou para avisar o chefe.

– Eu já tinha visto, Humberto. Ele está desde cedo trabalhando, vai lá chamá-lo.

Antes de entrar com Humberto na casa principal, Matheus foi até o domicílio dos pais se lavar e tirar a bota suja de barro.

– Bom dia, Dr. Heitor. Muito obrigado pela festa. Nunca presenciei minha família tão feliz. Como posso ajudar o senhor?

– Na verdade, tenho uma proposta para te fazer. Agora que se formou, quero te contratar como advogado. Que acha da ideia?

– Ótima, na verdade um sonho.

– Pois então, pensei na tua remuneração. O que você me sugere?

– Olha doutor, por tudo que o senhor fez por nós, quem sou eu para dizer isso! Seria muita ingratidão da minha parte colocar um valor. O que o senhor decidir, está bom.

As palavras de Matheus mais uma vez comoveram o advogado que, na verdade, já o enxergava como a figura mais próxima de um filho. Heitor iria oferecer a quantia de três salários mínimos, mas a simplicidade e a maneira como ele o olhava, surtiu efeitos:

– Pensei em quatro salários mínimos mensais, com o tempo vejo também uma participação nos lucros. Está bom?

– Nossa, chefe. Nem sei o que vou fazer com tanto dinheiro.

– Outra coisa, pensei em alugar para ti um apartamento perto do escritório. O que você acha?

– Agradeço muito, mas não posso deixar meus pais. Sempre os ajudo no final do dia, não precisa gastar com isso. Eu lhe prometo que sempre estarei bem cedo no escritório, o ônibus sai perto daqui, e fico até a hora que precisar.

– Então vamos fazer o seguinte, vou te ajudar a comprar um carro. Eu pago a entrada e as parcelas que ficarem, te ajudo a pagar também.

– Não precisa, o senhor já me ajuda demais e tem o problema que não sei dirigir.

– Esse problema está resolvido! Já contratei um professor pra ti!

– Opa, quem é?

– Ora, quem? Sou eu – respondeu Humberto, dando risadas. – Hoje mesmo já vamos começar.

Nesse momento, foram interrompidos pelo telefone que começou a tocar.

– Alô – disse Heitor.

A expressão de seriedade do advogado era sinal de que algo grave ocorrera. Por alguns minutos, escutou em silêncio a história que estava sendo narrada.

– O que aconteceu? – perguntou Humberto.

– Difícil acreditar, se bem que nem tanto. O filho do Seu Crespin, o Rafael acaba de morrer.

– De que jeito?

– Participou de um assalto. Na fuga, ele e outro vagabundo morreram incendiados dentro do carro.

– Assalto! Mas o que ele fez com a fortuna que herdou com a morte do pai?

– Inacreditável, gastou tudo em um pouco mais de um ano. Nem me pergunta como, porque não sei como fez essa façanha.

– Quem é o outro que morreu?

– Parece que um veterano do crime, esqueci de perguntar o nome.

Matheus Britto nem imaginava quem poderia ser e todos os reflexos que aquele assalto causaria.

. • ♦ ◆ ♦ • .

Rafael Crespin recebeu, com a morte do pai, dez imóveis, mil hectares de terra e uma quantia razoável em dinheiro. O antigo contador da família o aconselhou a arrendar as terras, os imóveis e viver com parte desses lucros. Segundo ele, poderia ter uma vida com luxo, sem precisar trabalhar. No entanto, a primeira coisa que fez foi demiti-lo, e tirou um empréstimo no banco para plantar. Ocorre que, do valor recebido, mais da metade usou para festas pervertidas regadas a cocaína. Sentia-se como um verdadeiro imperador, tanto que nas longas noites de orgia arrumou três namoradas. Uma quase morreu de overdose, e com medo de ser incriminado, entregou três dos imóveis que tinha ao advogado da família da mulher que o ameaçava com uma possível prisão; as outras duas roubaram todas as joias e as reservas em dinheiro que, mesmo diante da inflação, ele retirou do banco e escondeu em um fundo falso de um antigo roupeiro. Contudo, ele próprio falou a essas duas amantes do esconderijo. Endividado, vendeu um pedaço de campo por um preço muito abaixo do mercado, e logo o dinheiro acabou, até que vendeu o restante. Em uma noite regada a cocaína e whisky importado, tomou um empréstimo de um agiota, deixando os imóveis que restavam em garantia. Tentou discutir os juros abusivos, mas diante de um revólver apontado para sua cara, não lhe restou alternativas e entregou as escrituras dos imóveis.

Quando estava à beira da miséria, foi até um cabaré de segunda linha, precisava beber e cheirar e sabia que a cocaína daquele lugar era a mais barata. Mesmo tendo ciência que o pó branco daquele estabelecimento era misturado com aspirina e outras porcarias, não se importou em comprá-lo. A abstinência era tanta que, se ficasse sem o entorpecente, a ansiedade parecia consumi-lo. Ao usar a droga, sentiu uma ardência no nariz e não tardou para que brotasse sangue das suas narinas.

– Porra, isso não é pó. Estão de sacanagem comigo! – gritou.

– Cala a boca, mimado. Te arranca daqui viciado de merda – respondeu um segurança.

– Cala a boca você. Vai encarar?

Mal terminou de falar as palavras e recebeu um soco no estômago que o derrubou. Ao tentar se levantar, levou outro e foi arrastado para fora a chutes.

Nesse momento, Jeferson Torrani, que estava dançando com uma prostituta, deu-se conta de quem era. "Esse é o otário que todo mundo tira dinheiro. Que baita oportunidade diante dos meus olhos", pensou.

– Calma aí, deixa que eu o levo pra casa – disse ao brutamontes que o chutava.

– Tem certeza, Jeferson? – questionou a gerente do bordel.

– Claro que sim. Eu era um grande amigo do pai desse rapaz.

– Então, leva essa mala contigo e não o deixe botar mais os pés aqui.

– Você sabe com quem está falando? – perguntou debochando, mesmo com o nariz jorrando sangue.

– Sei, sim, com um merdinha que acabou de apanhar de mim – respondeu o segurança.

– Seu filho da...

– Calma, rapazes – interrompeu Jeferson.

– Quem é o senhor?

– Vejo que não está me reconhecendo. Te vi nascer, meu amigo. O seu Crespin era um velho amigo, por isso vou te levar pra casa.

– Tá bom, sempre soube que meu pai tinha grandes amigos. Vamos embora dessa espelunca!

No caminho, Jeferson, que jamais trocara uma única palavra com o falecido Crespin, inventou histórias do passado, como se eles fossem íntimos, e lamentou-se por não ter ido no enterro, pois estava em outra cidade a negócios. Bastou uma pequena conversa para convencer Rafael sobre a falsa amizade. Ao chegar perto da casa dele, falou:

– Pois é, meu amigo, acabei de me separar e fui direto pra aquele bordel. Você sabe me indicar um hotel em que eu posso dormir?

– Que é isso, Jeferson?! Nem pensa em uma bobagem dessas. Vai pousar aqui na minha casa.

– Tem certeza? É que não gostaria de incomodar.

– Deixa de frescura. Meu pai sentiria orgulho de mim por estar te acolhendo.

Fingindo estar encabulado, estacionou o carro na garagem da mansão. Era o último imóvel que ainda restava para Rafael, e só não fora penhorado por estar configurado como bem de família. Ao entrar, Jeferson notou que a casa praticamente não tinha mais móveis. Na verdade, o viciado os tinha trocado por maconha e cocaína.

– Que bela casa, meu amigo. Meus parabéns!

– E as tuas roupas?

– Nem me fala, acredita que a minha ex–esposa colocou fogo no meu roupeiro? Descobriu uma amante e enlouqueceu.

– Não te abala! Vai lá no meu quarto e pega o que você quiser. Temos que manter a boa aparência. Não fui muito feliz nos negócios, mas meu pai sempre me ensinou que nunca podemos perder a elegância na vestimenta.

– Puxa vida, não sabia que teve prejuízos.

– Nem me fala, um pessoal aí me sacaneou.

– Deve saber que sou administrador. Por que você nunca me procurou?

– Não sabia... mas antes tarde do que nunca.

A partir daí começaram uma parceria criminosa de estelionatos, furtos e assaltos, que não demorou muito para terminar em tragédia.

Naquela manhã desastrosa, estavam desesperados por dinheiro. A pressão que recebiam dos agiotas não tardou para se transformar em ameaças reais, até que um deles os intimou: "Paguem com dinheiro ou com a própria vida". Assustados, planejaram às pressas um assalto.

– Vai ser barbada – disse Rafael. – O dono dessa lotérica abre nos domingos, era amigo do meu pai, e pelo que me informei, nunca tem segurança.

– Tem certeza? – perguntou Jeferson.

– Claro que sim, quando te vendi peixe frio!?

– Tá bom. Precisamos levantar a grana ainda hoje! Aliás, se não conseguir, vamos morrer mesmo.

– Confia em mim, porra. Por acaso se esqueceu que sou um Crespin?

"O desastrado não perde a prepotência, mesmo estando fodido", pensou, mas achou melhor ficar quieto.

Não seria a primeira vez que se arriscariam a cometer um assalto. Nos dois roubos anteriores não tiveram problemas, todavia conseguiram uma pequena quantia em dinheiro. Mas, para Rafael, esse seria diferente, acreditava que a lotérica estava com os cofres transbordando. No momento em que o relógio marcou onze horas da manhã, tiraram o carro da garagem, cada um portando um revólver calibre 38 e se dirigiram ao estabelecimento.

Quando estavam prestes a chegar, uma chuva torrencial começou a desabar do céu, o calor de 35 graus pareceu amenizar com as gotas de água gelada.

– Boa notícia – disse Rafael.

– Do que você está falando?

– Ora do quê. Acha por acaso que vai ter polícia na rua com essa chuva?

– Até que você pode ter razão!

– Eu sempre tenho razão – respondeu arrogante.

– Por que está parando o carro? Ainda faltam duas quadras até a lotérica.

– Calma, meu chapa. Trouxe uma fórmula mágica para nos dar coragem – e pegou duas gramas de cocaína de um papelote e a dividiu no meio.

Com a fissura causada pela droga, começaram a cantar, pareciam até que iam a uma partida de futebol.

– Agora sim, o velhinho aqui está pronto! – exclamou Jeferson.

A chuva parecia aumentar quando estacionaram o carro na esquina do estabelecimento, vestiram uma touca ninja e desceram armados. Dentro da lotérica, além do dono, estavam mais dois clientes.

– Todo mundo pro chão! – gritou Rafael. – É um assalto, porra!

– Sem pânico! Passem o dinheiro! Não pretendo matar ninguém hoje! – complementou Jeferson.

– Calma, por favor! – disse o proprietário.

– Vou me acalmar depois que você abrir o cofre. Ou prefere levar um tiro na cabeça? – berrou Rafael.

– Já estou abrindo! Por favor, não atire.

Com as mãos trêmulas, o empresário não conseguia acertar a combinação dos números. Atordoado pela combinação da droga com a adrenalina, Rafael deu uma coronhada na cabeça do homem, que desabou.

– Olha o que você fez, seu mané! – disse Jeferson. – O velho caiu duro, sabe-se lá se não está morto. Quem vai abrir o cofre agora, seu esperto?

– Ele fez por merecer. Estava dando uma de malandro.

Com a cena do homem caído ao chão com a cabeça se esvaindo em sangue, os dois clientes começaram a chorar.

– Silêncio, seus merdas – falou Rafael visivelmente descontrolado.

– Por favor, tenho família. Pegue aqui a minha carteira – falou o cliente mais velho.

– Por acaso, acha que vim aqui para pegar migalhas? – respondeu Rafael, dando um tiro na parede da lotérica.

“Que homem burro!”, pensou Crespin, e abriu uma gaveta que não tinha uma única moeda.

– Vamos embora! – disse.

– Como ir embora, não vou de mãos vazias.

– Você estragou tudo. Estou indo, se quiser, espere a polícia chegar.

Sem alternativas, saíram correndo e de forma atrapalhada embarcaram no carro. Antes de arrancarem, ainda tiveram uma rápida discussão de quem ia dirigir, até que Rafael apontou o revólver exigindo que seria o motorista. Duas quadras depois, ouviram as primeiras sirenes dos carros da polícia. Desesperado, Rafael começou a acelerar e fazer manobras suicidas. Por sorte não bateram em um canteiro. Com a velocidade exacerbada, o barulho das sirenes pareceu se distanciar.

– E agora, vamos pra onde? – perguntou Rafael.

– Dobra à esquerda e vamos pegar a faixa, temos que sair da cidade. Por que parou de acelerar?

– Porque despistamos a polícia!

– Então, vai esperar eles nos alcançarem, seu esperto?

– Preciso de mais pó, pega o último papelote no porta–luvas?

– Não é momento pra isso agora! Te concentre na direção!

– Por isso mesmo, preciso da cocaína para me concentrar! Pega de uma vez!

Rafael cheirou pela derradeira vez em sua vida. Aos poucos, as gotas de chuva pararam de cair. Com a visão melhor por conta do sol que começava a clarear o horizonte, aliada à coragem repentina dada pela droga, Rafael Crespin dirigia a uma velocidade superior a 140 km/h.

– E aí, velhote, será que algum policial nos alcança?

Jeferson nem teve tempo de responder. Na curva, o carro derrapou em uma poça de água e acabou saindo da pista, entrou em uma plantação e por conta da alta velocidade capotou, vindo a pegar fogo. Demorou mais de uma hora para que a polícia localizasse os destroços do veículo e os dois corpos carbonizados.

Na noite daquele mesmo dia, depois dos breves procedimentos legais do Instituto Médico Legal, Rafael e Jeferson tiveram uma cerimônia fúnebre discreta com menos de dez pessoas. Everton Torrani sentiu uma pontada de tristeza no momento em que presenciou os restos mortais do seu pai sendo colocado embaixo da terra. Foi a única pessoa que derramou pequenas gotas de lágrimas na ocasião.

Capítulo VII

O processo

Enquanto a população brasileira comemorava o tetracampeonato mundial de futebol, Everton Torrani alegava inocência ao lado do corpo de sua mãe. De nada adiantaram os apelos. Um policial o algemou, arrastando-o para dentro da viatura.

– Vocês estão prendendo o cara errado – gritou desesperado.

– Tá bom! – respondeu o policial, em tom seco. – Te prendemos com a arma do crime e todo ensanguentado. Como explica isso?

– Eu vi o corpo da minha mãe e tentei socorrê-la. Juro que foi isso que aconteceu.

– Como era a relação de vocês? – perguntou o policial mais experiente.

– Não era das melhores.

– Já sei disso. A central me passou que a tua mãe já fez diversas ocorrências contra você, inclusive duas ameaças de morte. Acha que somos idiotas?

– Mas eu juro que não fui eu!

– Para de sacanagem, sei também dos inúmeros crimes que cometeu. Não me vem dar uma de santinho! Esse papo besta só vai piorar a tua situação.

Sem mais argumentos para se defender, Everton permaneceu em silêncio até chegar ao Instituto Médico Legal, onde tentou mais uma vez convencer os policiais de sua inocência. Depois de examinado, foi levado para a delegacia de polícia.

– Você aqui de novo! – falou o delegado ao vê-lo. – O que ele aprontou dessa vez?

– Ele matou a própria mãe, Delegado. Pegamos ele ao lado do corpo, com a arma do crime!

– Nada me surpreende mais desse marginal. Vai confessar, rapaz? – desabafou o delegado.

– Não fui eu, doutor. Eu cheguei em casa e o corpo dela estava lá.

– E esse sangue nas tuas roupas?

– Eu tentei reanimá-la, não sabia que a mãe estava morta. E quanto à faca, quando cheguei estava ao lado do corpo dela. Eu juro pela minha vida que foi isso que aconteceu!

– Olha, rapaz, nem a tua vida, muito menos a tua palavra tem algum valor pra mim. Vai querer dar a tua versão ou permanecer em silêncio? Outra coisa, pretende chamar advogado?

– Pode chamar o Dr. Clóvis?

– Sim, posso. Muito embora não goste nada de ti, aqui na minha delegacia os direitos constitucionais das pessoas são sempre respeitados.

O advogado Clóvis demorou mais de uma hora para chegar na delegacia. Visivelmente embriagado, logo começou a discutir com os policiais.

– O rapaz perdeu a mãe e não foram capazes de ir atrás do verdadeiro assassino, seus incompetentes!

– Modera a língua, doutor, mais uma palavra nesse tom e vou te prender por desacato à autoridade – respondeu o delegado de polícia.

– Então, quer dizer que também vou ser preso?

– O senhor sabe bem o que falei! Nem sequer conversou com o seu cliente e já está com teorias sobre o nosso trabalho!

– Onde ele está?

– Na cela, onde mais estaria?

– Meu Deus, colocaram um menino que perdeu a mãe dentro de uma jaula. Ao menos posso ir lá conversar com ele?

– Claro que sim, jamais iremos negar uma prerrogativa a um defensor!

– Acho bom mesmo.

Um dos policiais militares que prendeu Everton precisou ser segurado, teve vontade de esbofetear o advogado. "Alcoólatra desgraçado, quem ele pensa que é? Só porque tem um diploma acha que pode falar assim com a polícia", pensou antes de ser contido pelos colegas.

A passos lentos e provocativos dirigiu-se até a cela. Vendo que um policial o observava, disparou:

– O que você está olhando, por acaso não estudou a parte do sigilo entre advogado e cliente? Sai já daqui, antes que eu abra um procedimento contra ti!

Exceto pela presença de Dr. Clóvis, os policiais estavam felizes com a conquista da copa do mundo. E por conta disso, o agente da lei preferiu não responder e simplesmente saiu de perto.

Ao se aproximar de Everton, e ficar entre ele e a cela, tirou de dentro do paletó uma pequena garrafa de metal com whisky e lhe ofereceu:

– Toma um trago antes de conversarmos. Creio que está precisando.

Surpreso com a atitude do seu advogado, tomou um gole. A bebida de péssima qualidade pareceu queimar a sua garganta. Depois de devolvê-la a Clóvis, viu, espantado, ele tomar todo o restante da bebida em poucos segundos.

– Então, Everton, mais cedo ou mais tarde, eu sabia que isso ia acontecer um dia!

– Sabia o quê, doutor? – perguntou surpreso.

– Ora o quê? Que um dia mataria a megera da tua mãe.

– Por acaso você está louco! Não fui eu quem a matou, porra!

– Te esqueceu que foi eu quem te defendeu das inúmeras ocorrências que ela fez contra ti.

– Sei disso, mas estou falando que não a matei.

– Quer me dizer também que nunca teve vontade de matá-la? Diga isso olhando nos meus olhos!

– Não a matei! Está aqui para me defender ou não? – questionou, tentando segurar a raiva.

– Claro que estou aqui para te defender. Precisa entender que para mim é indiferente se a matou ou não, mas preciso saber a verdade. Não posso ser pego de surpresa.

Por um bom tempo, Everton repetiu a versão para Clóvis de que era inocente e que quando chegou em casa sua mãe já estava sem vida. Após as orientações do defensor, começou o depoimento ao delegado de polícia.

As declarações foram transcritas em uma velha máquina de escrever. O delegado perguntava e, enquanto Everton respondia, um escrivão digitava as palavras. Entretanto, por diversas vezes o depoimento foi interrompido pelo defensor, que discordava sem razão do que era escrito. Cada situação dessas, deixava os policiais mais irritados e atrasava cada vez mais o interrogatório.

Nesse ritmo tumultuado, ficaram quase duas horas até finalizarem a oitiva. Everton contou, com detalhes, a fuga da sua mãe com o assaltante Tião. Disse também sobre o dia em que saiu de casa e levou todas as suas economias. Mas quando foi questionado sobre a origem do dinheiro, inventou que trabalhava desde cedo cuidando carros que eram estacionados nas ruas, relatando que não recordava ao certo a quantia que havia guardado.

No instante que discorreu sobre a morte de seu pai, não aparentou muita emoção. No entanto, ao falar da volta de sua mãe, ocorrida dois anos atrás, não escondeu a raiva que sentia: "Ela voltou, teve a cara de pau de dizer que veio para casa porque não aguentava a falta que sentia de mim. Só que, seu Delegado, eu sabia que ela voltou de Porto Alegre porque o desgraçado do Tião morreu com um tiro na cabeça assaltando um banco, exatamente dias antes dessa bruxa voltar".

Quando o escrivão digitou a palavra "bruxa", outra discussão começou:

– Ele nunca mencionou essa palavra. Estão tentando incriminar o meu cliente – gritou Dr. Clóvis, dando um tapa em cima de mesa.

– O senhor está passando dos limites! É claro que falou, ninguém é otário aqui. Aliás, faz cinco minutos que comecei a gravar o depoimento. Por acaso, quer ouvir?

– Tá bom, segue então, já é passado das dez da noite e sequer conseguiram finalizar um mero depoimento.

O escrivão precisou segurar as palavras, teve vontade de xingar o advogado. Era inacreditável que os estava culpando pela demora, uma vez que a culpa era exclusivamente por conta das suas intromissões descabidas. Preferiu ficar quieto para não tumultuar ainda mais, até porque o suspeito não estava confessando o crime, mas incriminava-se, indiretamente, quando demonstrava a raiva que sentia pela própria mãe.

Ao final, fez questão de repetir que não era culpado, mas não se importou de dizer que a vítima era uma megera, e admitiu tê-la agredido e ameaçado em outras ocasiões. "Eu não a matei, mas ela não tinha o direito de estar morando na casa que meu pai deixou pra mim".

Satisfeito, o delegado encerrou o depoimento. Ficou na dúvida se o advogado Clóvis era realmente burro ao orientar o seu cliente a falar mal da própria mãe, ou se desejava incriminá-lo para justificar os honorários.

Depois de mais alguns procedimentos que o Código de Processo Penal exige, a autoridade policial anunciou a Everton que ele seria preso e conduzido ao Presídio Regional de Santa Maria.

– Como assim, delegado? O Dr. Clóvis me disse que eu seria solto, eu não sou o assassino!

– Então, ele estava equivocado – respondeu, sem querer chamar o defensor de mentiroso.

– Delegado, posso falar a sós com ele?

Para evitar mais tumulto, retirou-se da sala, porém deixou a porta entreaberta e ao ouvir a conversa, sanou sua dúvida acerca da burrice ou má-fé do defensor.

– Pois bem, meu caro Everton. A coisa enfeiou. O homem quer a tua cabeça! Você arrisca tomar uns 20 anos de cadeia!

– Pelo amor de Deus! Você me prometeu que eu iria para casa ainda hoje.

– As coisas mudam. Para você rir, eu preciso rir também.

– Do que você está falando? – perguntou desconfiando do que seria.

– Ora do quê? Dos meus honorários?

– Os móveis da tua casa são quase todos eu que dei! – gritou.

– Fala baixo. Não me deu não, você pagou em troca dos meus serviços de advogado. E para começar, nem eram teus, não esquece de que roubaste de alguém – disse, pouco se importando de ter recebido bens que sabia ser produto de crime.

– Então, faz anos que te pago. Preciso de ajuda agora, achei que era meu amigo.

– Claro que sou teu amigo. Aliás, qual amigo teu está aqui numa noite fria de domingo? Mas não confunda as coisas.

– Qual valor vai me cobrar?

Do outro lado da porta, tanto o escrivão como o delegado que ouviam escondidos a conversa, começaram a ter mais raiva do advogado do que do próprio suspeito.

– Isso é uma causa cara. Provavelmente você vai a júri popular, que diga-se de passagem, é a minha especialidade. Nunca perdi um!

"Desgraçado mentiroso, claro que nunca perdeu. Ele nunca entrou em um plenário de Júri", pensou o escrivão. Mais uma vez teve vontade de xingá-lo, mas conteve-se.

– Faça um preço justo! Sabe que estou sem dinheiro.

– Opa, se está sem dinheiro, podemos nos acertar de uma única forma!

– Como assim? – respondeu.

– A sua mãe morreu, os outros irmãos que você tem abriram mão da casa. Parece que nenhum suportava o teu falecido pai. Então, basta você passar a casa para o meu nome, que estamos acertados.

– Por Deus, Dr. Clóvis. É a única coisa que tenho!

– Única coisa que tenho, não.

– Que mais eu tenho, então?

– Ora, Everton. Entendo que a tua liberdade vale muito mais que essa casa. Até porque, do que adianta ter uma casa fechada por mais de vinte anos. Acha que restaria alguma coisa dela depois de todo esse tempo? Logo ela seria invadida ou depredada.

Era o momento mais difícil na vida de Everton Torrani. Ele estava com 26 anos, colecionava algumas prisões desde a adolescência, mas nada se comparava a ser detido pela morte da mãe e ainda por cima ter que entregar a casa. Por instantes pensou, e questionou:

– Se eu te entregar a casa, me garante que serei solto e absolvido?

– Por acaso, alguma vez eu te menti? – perguntou olhando no olho do suspeito algemado.

– Tá bom, então.

– Fizeste a escolha certa, rapaz – finalizou a conversa com um aperto de mãos.

Mesmo horas depois da vitória por pênaltis contra a Itália, as ruas estavam repletas de pessoas comemorando das mais diversas maneiras: algumas dançavam, outras empinavam garrafas de cervejas, uns arriscavam cantar parte do hino nacional e, ao final, soltavam foguetes. Os policiais, encarregados de levar Everton até o presídio, tiveram que pegar uma rota alternativa, era impossível cruzar nas principais ruas da cidade tendo em vista a multidão que as ocupava. Emocionado, o motorista da viatura encheu os olhos de lágrimas ao ligar o rádio e ouvir a entrevista do capitão Dunga. No entanto, a partida, que instantes atrás trouxe uma alegria imensa a Everton, parecia estar em um passado distante.

Quando o carro da polícia estacionou em frente à casa prisional, muito embora não fosse nenhuma novidade para aquele jovem de 26 anos, ele entrou em desespero. Teve vontade de arrancar os cadarços de um dos tênis e se enforcar, mas nem teve tempo para isso. Quando se deu conta, um agente penitenciário o tirou da viatura e o arrastou até a recepção do presídio.

– Você de novo aqui, malandro? – disse um plantonista. – O que você aprontou dessa vez?

– Juro que desta vez não fiz nada – respondeu, tentando não demonstrar a agonia que parecia queimar sua alma.

– Tá bom! Foi exatamente a mesma coisa que me respondeu da última vez – e dirigiu a palavra a um dos policiais que esperavam a assinatura de um documento que atestava que o preso estava entregue ao cárcere. – O que ele fez?

– Agora o vagabundo aí se passou! Matou a própria mãe a facadas!

– Por Deus, que noite para matar a mãe! Nem mesmo o tetra fez vocês se entenderem um pouco? – perguntou.

– Eu juro que não matei ela!

– Isso não cabe a nós decidir! Mande o garoto para a mesma cela que estava da última vez.

Ao entrar em uma das alas do Presídio Regional de Santa Maria, Everton notou que algo estava diferente. Algumas das celas saiam fumaça, chegou a pensar que estavam preparando uma espécie de rebelião. No entanto, ao observar com mais atenção, entendeu que naquele dia os agentes tinham permitido que os detentos fizessem churrasco e bebessem cachaça por conta da final da Copa do Mundo.

Dias atrás, os chefes das respectivas galerias selaram um acordo com a administração da casa prisional de que não teriam nenhuma espécie de confronto, desde que liberassem bebida e a entrada de carne para assarem à moda gaúcha, e garantiram que todos os espetos e facas devidamente contados na entrada, seriam entregues à direção na segunda-feira pela manhã. De fato, tudo saiu como combinado, e o agente penitenciário novato, que tentou dizer que a ideia era um absurdo, foi logo convencido pelos colegas veteranos que lhe contaram histórias da Copa de 1990, em que o país foi eliminado pela Argentina, e que o então diretor teve a triste ideia de proibir que os detentos vissem a partida.

Ao chegar na sua antiga cela de doze metros quadrados, foi recepcionado por um antigo colega do crime:

– E aí, Everton! Soube o que aconteceu. Aqui, como você sabe, as notícias correm rápido demais!

Por mais que conhecesse as regras do presídio, estava em dúvida do que iria acontecer. Sabia que os presos não poupavam os estupradores, ou assassinos de crianças; temiam assaltantes de banco e admiravam quem enfrentasse a polícia, ainda mais quando vitimava algum. Porém, não imaginava qual seria a reação contra quem matava a própria mãe. Temendo represálias, ficou quieto e deixou os outros falarem.

– Deve imaginar que se falou aqui sobre esse teu lance. Por mim tá tranquilo. Todo mundo sabe que a tua mãe era uma tremenda vadia! Deve ter feito por merecer!

– Concordo, soube que o Tião se gabava de ter fugido com ela, mas o pior não é isso...

– O que tem de pior nessa história que eu não sei? – questionou o líder da cela, que era um dos chefes da galeria.

– Pois então, eles levaram todo o dinheiro do Everton. Na época, era apenas um moleque.

– Vou confessar uma coisa! – disse o líder, um homem com uma estatura de um metro e noventa, e dono de um rosto assustador.

– O que foi, chefe? – perguntaram apreensivos.

– A única pessoa que amo nesse mundo é a Dona Glória. Sabem quem é ela?

– A sua mãe, chefe – respondeu um preso, que ao sorrir mostrou ter poucos dentes na boca.

Naquele momento, todos silenciaram, não adiantava a ideia dos demais. Sabiam que a última palavra era a do líder. Everton era convicto que não adiantaria gritar ou tentar fugir. Apenas fechou os olhos e esperou a morte, que parecia certa e eminente. Naquele instante de medo e desespero, notou que o homem que possivelmente seria o responsável pelo fim de sua vida, continuou a falar depois de uma pequena pausa:

– Estava te esperando com essa adaga. – disse em tom frio, mostrando uma lâmina enferrujada. – Ia perfurá-lo aos poucos. Mas acabo de mudar de ideia. A mãe que eu tenho jamais me abandonaria e roubaria o meu dinheiro com um malandro. Seja bem-vindo! – respondeu, olhando em seus olhos.

As palavras daquele homem assustador que colecionava homicídios pareceram um milagre nos ouvidos de Everton que, por um instante, se conformou com a própria morte.

Estranho foi que, ao mesmo tempo que sentiu um desespero ao concluir que não escaparia da morte, experimentou também uma pontada de alívio. Horas depois, enquanto os presos começaram a dormir, olhou por um buraco que tinha na cela, que na verdade sequer poderia ser chamado de janela, e ao observar a noite estrelada, concluiu que o fim prematuro de sua vida não seria uma má escolha.

E com uma agonia que parecia rasgar-lhe o peito, uma semana se passou sem receber nenhuma notícia do advogado, até que ouviu o grito de um carcereiro:

– Everton Torrani, teu defensor está a tua espera na sala do parlatório!

– Será que o teu Habeas Corpus cantou? – disse um colega de cela.

– Tomara! – respondeu.

Confiante, Everton caminhou cerca de cinquenta metros. Esperou o tempo do agente penitenciário retirar os cadeados das duas grades que os separavam da sala reservada aos presos que são atendidos por advogados, e sentou-se diante de Clovis.

– E aí, doutor. Pensei que viria me ver antes! – falou irritado.

– Calma, garoto. Não vim porque estava dedicado inteiramente no teu caso.

– Então, aquele delegado descobriu quem matou a minha mãe?

– Pois é, por isso vim falar contigo. Ele encerrou a investigação hoje de manhã. Pelo Código de Processo Penal ele tinha 10 dias para fechar o inquérito...

– O que você quer dizer com isso? – interrompeu.

– O delegado ouviu diversos vizinhos. Todos relataram as brigas que tinha com a tua mãe, além do que ninguém viu outra pessoa entrar na casa. Ele acabou te indiciando por homicídio qualificado por motivo fútil e pelo recurso que dificultou a defesa da vítima.

– Que droga! – gritou. E qual foi o resultado do meu Habeas?

– Ainda não entrei...

– Mas por quê?

– Pelo simples fato de que ele seria negado! Todos os indícios mostram que foi você o assassino! Não posso entrar no momento errado.

– Tá, mas quando vai entrar?

– Preciso de uma prova mais concreta! Por acaso, tem um álibi para os minutos que antecederam o homicídio?

– Quer saber a verdade?

– Lógico que sim. Já deveria ter falado antes. Podemos até alegar uma legitima defesa, ou um homicídio privilegiado.

– Que diabo é isso?

– Homicídio privilegiado é quando se mata alguém por violenta emoção. Falando em um português simples, podemos alegar que ela te provocou, ainda mais que muita gente sabe que ela te abandonou na tua adolescência para ficar com o vagabundo do falecido Tião.

– Mas eu não a matei, porra! Quantas vezes vou precisar te falar isso!

– Então por que razão me perguntou se eu queria saber a verdade? Não me faça de otário!

– Escuta com atenção, Dr. Clóvis. A verdade é que antes de eu ver a minha mãe morta, eu cometi um latrocínio. Se eu admitir isso, é bem provável que eu responda pela morte da minha mãe e mais essa bronca aí.

– Entendi, foi você que matou o frentista do posto de gasolina? Mas como não pegaram o dinheiro do roubo contigo?

– Porque escondi antes...

– Então, ao invés de chamar socorro, perdeu tempo escondendo o dinheiro. Imagina se o delegado souber dessa informação, aí você está ferrado mesmo.

– Que mais eu poderia fazer? Ela já estava morta mesmo. Daí escondi o dinheiro, e quando ouvi as sirenes da polícia, me ajoelhei ao lado dela e fingi estar chorando.

– Não sentiu nenhuma espécie de tristeza?

– Deixa de sentimentalismo pra cima de mim. Você sabe que eu odiava aquela vadia, mas não é por isso que sou eu o culpado!

O advogado estava diante de uma situação inusitada. A maioria dos defensores se impressionariam ao ouvir a frieza daquele cliente, parecia até que o corpo de sua própria mãe valia menos do que um animal selvagem alvejado. Porém, para Dr. Clóvis, a situação não era nada mais do que uma oportunidade.

– Como você não me avisou antes! A polícia está pensando em fazer uma reconstituição do crime na tua casa. Imagina, agora, se eles acham esse valor!

– Espera aí, você acabou de me dizer que o delegado já tinha encerrado a investigação.

– Sim, encerrou a investigação, como por exemplo a oitiva de testemunhas. Porém reconstituição do crime é diligência e ele pode fazer a qualquer tempo – mentiu, pensando no dinheiro.

– Merda, tenho que tirar aquele dinheiro de lá.

– Sabe que isso não é papel de advogado. Entretanto, pela amizade que tenho contigo, me arrisco a fazer.

– Tá bom, mas depois, quando eu sair em liberdade, você me devolve. Tem cerca de dois mil dólares escondido atrás do armário da cozinha, está envolto com um envelope sujo de sangue.

– Claro que te devolvo, só estou fazendo isso para te livrar desse latrocínio. E, da próxima vez, vou me ofender com esse tipo de pergunta.

– Foi mal. E quais são os próximos passos agora?

– Nos próximos dias, vai receber a citação de denúncia feita pelo Ministério Público, bem como a data do seu interrogatório. Até lá vamos conversando – disse, finalizando a conversa.

Sem esperanças, Everton voltou para a cela, enquanto que Dr. Clóvis saiu do presídio realizado, já fazendo planos de como gastaria aquela quantia em dinheiro. "Reconstituição do crime, essa foi boa", pensou e ficou mais feliz ainda ao lembrar que a casa onde estava o dinheiro também era sua.

Os dias passavam lentos para Everton. As baixas temperaturas do mês de julho desafiavam a sobrevivência dos quase 400 presos que se amontoavam em celas apertadas no Presídio Regional de Santa Maria. À noite, o consumo de cachaça era praticamente o dobro do que consumiam no verão, pois servia para esquentar um pouco o corpo dos homens que, por algum motivo, perderam a liberdade.

No primeiro dia de agosto, na manhã de uma segunda-feira fria e chuvosa, o carcereiro deu um grito avisando Everton que uma pessoa o esperava. Estava há exatos 15 dias preso, e apenas recebeu uma única visita de seu defensor. Era como se o mundo fora das grades da penitenciária o tivesse esquecido. Pressentiu que poderia ser a atual namorada, mas relembrou que aquele dia não era reservado para visitantes, imaginou que enfim Dr. Clóvis retornou com boas notícias. "Antes tarde do que nunca", pensou, mas quando avistou o homem que o aguardava, era um oficial de Justiça:

– Bom dia, me chamo Ruy Cezar, vim a mando do Magistrado te entregar a denúncia.

– Denúncia sobre o quê? – perguntou, temendo que, além do homicídio de sua mãe, também poderia ter algo contra ele do latrocínio.

– Pelo que consta, trata-se de um homicídio no dia da final da Copa do Mundo, e a vítima é a Sra. Juliette Torrani. Por favor, assine o recebimento. Na sexta-feira está marcado o seu interrogatório. Pelo que consta, o senhor já tem advogado, ele também será avisado – disse, se despedindo.

O oficial de justiça era um homem fino e bem–educado, tanto que, décadas mais tarde, recebeu uma comenda rara do Tribunal de Justiça, concedida apenas aos servidores que trabalharam, por mais de meio século, no Judiciário Gaúcho com maestria e competência.

Everton não sabia se estava aliviado por não terem descoberto sua participação no roubo seguido de morte.Tinha ciência que a pena para esse delito variava de 20 a 30 anos. No entanto, sabia também que o homicídio qualificado no qual estava sendo acusado tinha uma punição de 12 a 30 anos.E quando se deu conta da diferença entre as penas, pensou: "Um alento para quem está nesse inferno", e começou a ler a denúncia oferecida pelo ministério público:

"EXCELENTÍSSIMO SENHOR DOUTOR JUIZ DE DIREITO DA 1ª VARA CRIMINAL DE SANTA MARIA.

O MINISTÉRIO PÚBLICO, por seu Agente Signatário, no uso de suas atribuições constitucionais e legais, com base no Inquérito Policial, 819/1994, oriundo da Delegacia de Polícia de Santa Maria, vem, respeitosamente perante Vossa Excelência, oferecer

DENÚNCIA, contra

EVERTON TORRANI, brasileiro, solteiro, sem profissão definida, natural de Santa Maria, com 26 anos na data do fato, nascido em 08 de março de 1968, atualmente preso e recolhido no Presídio Regional de Santa Maria, pela prática do seguinte

FATO DELITUOSO:

No dia 17 de julho de 1994, por volta das 20 horas, no subúrbio de Santa Maria, o denunciado EVERTON TORRANI matou a vítima JULIETTE TORRANI, ao efetuar diversas facadas (arma branca apreendida), que causou hemorragia interna e externa, causando-lhe a morte, conforme Laudo Pericial.

Ao agir, o denunciado cometeu o homicídio por motivo fútil, uma vez que a vítima se negava a sair de casa, e desferiu as facadas com o fim de tirar a vida da própria mãe.

O crime foi praticado com o recurso que dificultou a defesa da vítima, eis que foi atacada no interior da sua casa pelo próprio filho, um homem com força física muito superior à da vítima.

Assim agindo, Everton Torrani praticou o crime previsto no art. 121, par. 2º, incisos II e IV, do Código Penal, motivo pelo qual o MINISTÉRIO PÚBLICO oferece a presente denúncia, requerendo que, recebida e autuada, seja o denunciado citado e depois dos procedimentos legais seja pronunciado, e posteriormente condenado perante o Tribunal do Júri.

SANTA MARIA–RS, 30 de julho de 1994.

ROL DE TESTEMUNHAS:

1) *Ricardo Santos, policial militar;*
2) *João Santos, policial militar;*
3) *André Silveira, delegado de polícia;*
4) *Getúlio Andrade, vizinho da vítima;*
5) *Solange Andrade, vizinha da vítima."*

O promotor de justiça que ofereceu a denúncia era um homem experiente, com 56 anos, e que acumulava centenas de julgamentos de Júri em sua carreira. Além do que, gozava de um prestígio imenso na comunidade. De hábito simples, Dr. Henrique Dias era também professor do curso de Direito, idolatrado por muitos alunos que acabaram escolhendo a carreira de promotor de justiça por conta de suas aulas. Por atuar no plenário do Júri, onde quem julgava eram as pessoas da comunidade, o agente do Ministério Público sabia cultivar uma ótima relação com as pessoas, sem que isso atrapalhasse seu trabalho, muito pelo contrário, cada vez que começava um julgamento parecia hipnotizar os sete jurados que, na maioria das vezes, já o conheciam e o admiravam.

Era também um homem justo, que respeitava o trabalho dos advogados, porém não suportava mais ouvir as histórias de Clóvis. Não era raro quando ouvia falar de casos em que o advogado se apropriou dos únicos bens de pessoas humildes. No entanto, nunca conseguiu provas suficientes para condená-lo. E quando estudou a investigação policial para oferecer a denúncia e deu-se conta de quem era o defensor de Everton, teve um mau presságio. "Além de matar a mãe, ter a liberdade ceifada, perdeu também a única casa para aquele traste", pensou, ao relembrar da história contada pelo delegado.

Na véspera do interrogatório, Dr. Clóvis não foi visitar seu cliente. A audiência era às 14 horas, e perto do meio-dia, os agentes penitenciários levaram Everton até o Fórum. Era a primeira vez que ele saia do presídio desde sua prisão. Quando o camburão saiu do estabelecimento prisional, e ele começou a enxergar os carros, as casas e algumas pessoas caminhando, experimentou uma ponta de liberdade, mas ao olhar suas mãos algemadas e as grades da viatura, lembrou da real situação em que se encontrava.

Faltavam dez minutos para a audiência, e nada da presença do defensor. O magistrado, Dr. Antônio Leoveral, era um homem disciplinado e pontual. Com fama de autoritário, era também um profissional justo e dedicado. Exatamente no horário marcado para a audiência, mandou os agentes conduzirem Everton, que estava em uma pequena cela do Fórum destinada para réus presos, até a sala onde ocorreria o interrogatório. O promotor Henrique Dias já estava presente, vestindo um terno escuro e uma gravata vermelha, parecia conhecer todos os detalhes do caso.

– O senhor tem notícia do seu advogado? – perguntou o juiz ao acusado Everton.

– Não, senhor. Ele sequer apareceu no presídio para falar comigo.

Irritado com o que acabara de ouvir, o juiz pediu a um assessor que chamasse o oficial de Justiça Ruy Cezar, que chegou em poucos minutos:

– Ruy, me faça um favor e dê um jeito de achar o Dr. Clóvis.

– Sim, Excelência, seu pedido é uma ordem – e saiu rápido.

– Pois então, Dr. Antônio, caso ele não apareça, vou pedir que o senhor nomeie um Defensor Público para o ato.

– Vou fazer isso, sem dúvida.

– Me permite, Excelência, fazer uma pergunta para o réu? – perguntou o promotor.

– Ele não está acompanhado de advogado, e não quero arriscar uma nulidade antes mesmo de começarmos.

– Desculpa, me expressei mal. Lógico que não se trata do mérito desse processo.

Imaginando a intenção do promotor de justiça, aliado ao desgosto que tinha ao trabalhar com aquele defensor, o juiz respondeu:

– Fique à vontade.

– Muito obrigado, Excelência. Apenas gostaria de saber, Everton, o motivo de ele não te atender, e concluir se ele vai aparecer aqui ou não. Por acaso, o senhor já o contratou?Em um linguajar mais simples, já se acertou com ele?

– Sim, dei a minha casa para o Dr. Clóvis, inclusive nem imaginei que estaria preso, porque...

– Está bom, não precisa falar mais – interrompeu o Magistrado, vendo a expressão de indignação do promotor.

Os minutos foram passando, e quando o defensor público estava se acomodando na cadeira para começar o interrogatório, Clóvis apareceu.

– O que isso? – perguntou ao ver um outro defensor.

– Ora o que é isso!? Estava nomeando um outro defensor. Deve ao menos ter se dado conta que está trinta minutos atrasado! – falou o magistrado em tom seco.

– Fui intimado por telefone, e me disseram que seria às 14h30 o interrogatório. Assim, fica difícil de trabalhar...

– Escrivão, venha até aqui rápido – gritou Dr. Antônio.

Assustado, o servidor da justiça chegou em poucos segundos.

– Pois não, Excelência. Como posso ajudar?

– Pelo que me consta, foi o senhor que intimou o Dr. Clóvis para essa audiência.

– Sim, senhor.

– Qual hora o senhor avisou que seria o interrogatório.

– Às 14 horas, Dr. Antônio, bem como eu certifiquei no processo.

– O senhor tem certeza?

– Tenho sim, Excelência.

– Ok, pode voltar ao trabalho. Muito obrigado.

O rosto do magistrado demonstrava a raiva que sentia, suas bochechas brancas começaram a avermelhar. Everton, que não tinha nenhuma culpa pelo atraso do seu advogado, ficou ainda mais nervoso: “Como é que eu fui contratar esse traste”, pensou. Mas já era tarde, até porque não teria dinheiro para trocar de advogado. O juiz deu um tapa na mesa, e falou:

– Esse escrivão trabalha há mais de dez anos comigo, e nunca me trouxe problemas, ao contrário do senhor – disse a Clóvis. – Então, meça suas palavras com cautela.

– Calma, Excelência...

– Eu estou calmo! – interrompeu em tom áspero.

– Eu devo ter me equivocado. Peço desculpas ao senhor.

– Assunto superado, não vamos falar mais sobre isso.

– Posso falar com meu cliente? Acabei não tendo tempo de conversar com ele.

– Aí fica difícil de trabalhar, Excelência – intrometeu-se o promotor. – Já passou quarenta minutos do horário marcado para o interrogatório!

– Com o fiscal da lei falando uma bobagem dessa, fica mesmo difícil de trabalhar. Ora, um defensor sendo proibido de conversar com um cliente, ainda mais em uma acusação esdrúxula como essa! Por acaso...

– Por acaso já está morando na casa dele? – questionou o promotor.

– O que você tem a ver com a minha vida? Vai te catar!

– Chega de discussão – falou Dr. Antônio, dando um soco na mesa. – Por conta do Princípio da Ampla Defesa, vou permitir que o senhor fale com o acusado. Mas, por favor, seja breve.

– Obrigado, Excelência – respondeu Clóvis, olhando para o promotor e sorrindo com ar de deboche.

Everton e Clóvis foram até uma sala da Ordem dos Advogados do Brasil, e a portas fechadas começaram a conversar:

– Esperei o senhor toda a semana. Por que não apareceu?

– Calma, garoto. Não viu que saímos ganhando hoje?

– Como assim? – perguntou, sem entender nada.

– Essa estratégia de chegar tarde foi para descontrolar o promotor. Não vê que estou brigando por ti? – mentiu, pois chegou atrasado por causa do carro que estragou.

– Sei lá. Então, o que devo falar?

– Só a verdade!

– Tá me dizendo que devo falar que não matei a minha mãe, por que estava cometendo um latrocínio naquele momento?

– Claro que não – respondeu, tentando esconder que se esquecera do outro crime. – Diga apenas que estava comemorando o tetracampeonato e ao chegar em casa ela já estava morta.

– Tá bom.

– Outra coisa, não responda nada do que o promotor perguntar.

– Mas eu posso fazer isso?

– Claro que sim. No Brasil, o acusado não é obrigado a responder o que lhe for perguntado, mas não se preocupe com isso, deixa essa parte para mim.

A conversa não demorou mais do que dez minutos, e voltaram até a sala de audiências.

Era visível a irritação do juiz, as outras audiências atrasariam, e quando o escrivão lhe informou que os outros advogados já estavam perguntando o motivo do atraso, Antônio Leoveral olhou para o relógio e perdeu a paciência:

– Estamos quase uma hora atrasados por sua culpa, Dr. Clóvis! A próxima audiência deveria começar às 14h30min e sequer começamos a do seu cliente. Portanto, espero que não cause mais transtornos!

– Entendo, Excelência. Creio que já me desculpei e estamos prontos para o interrogatório – respondeu educado, era uma das raras vezes que isso acontecia.

Sem dar abertura para outro tipo de discussão, o magistrado olhou para Everton e começou o interrogatório:

– Todo o seu nome, idade e profissão?

– Everton Torrani, 26 anos e sou auxiliar de mecânico.

– Qual o endereço do teu trabalho?

– Na verdade, atualmente estou desempregado.

– Como você sobrevive, então?

– Faço serviços autônomos quando aparecem, mas as coisas não andam fáceis.

– Já foi preso ou processado?

– Sim, senhor.

– Por quais crimes?

– Tive problemas com drogas, ameaças, tentativa de homicídio, brigas e tentaram também me acusar de dois assaltos que não cometi.

– E nesse caso, se declara culpado ou inocente?

– Inocente, doutor.

– Me explique, então – questionou o juiz desconfiado.

– Pois bem, naquela noite eu cheguei em casa – antes estava na rua comemorando a vitória do Brasil na Copa do Mundo– e quando cheguei a minha mãe estava morta.

– E a faca que foi encontrada ao seu lado, bem como o sangue dela em você?

– Juro que a faca não era minha, mal eu cheguei em casa e a polícia entrou. Tomei de surpresa ao vê-la daquele jeito. Em relação ao sangue, fui tentar reanimá-la, mas daí vi que ela já estava morta.

O magistrado Antônio Leoveral atuara em centenas de casos de homicídios, no entanto era apenas o terceiro em que um filho era acusado de matar a mãe. Fez um esforço para relembrar esses casos, e impressionou-se com a falta de empatia de Everton ao falar da própria mulher que lhe concebeu a vida. Então, elaborou outra pergunta:

– Pelo que observo em sua reação, bem como nos antecedentes policiais, verifico que tinha problemas graves com a vítima.

– Isso é verdade. A minha mãe me abandonou na adolescência e fugiu com um vagabundo, o senhor deve ter ouvido falar dele: o Tião Nowak, pior tipo de gente, e quando o macho dela morreu, aproveitou que o meu pai já estava morto e voltou para casa...

– O seu pai era por acaso o Jeferson Torrani? – perguntou, ao lembrar das sentenças que proferiu o condenando.

– Sim, ele morreu em um acidente de carro, dizem as más línguas que cometeu um assalto e estava fugindo da polícia.

O juiz ficou refletindo o tipo de infância que Everton teve. Chegou a sentir uma ponta de piedade mas, ao folhar o processo e ver as fotografias do corpo de Juliette, com três buracos causados pelas facadas que a mataram, relembrou que sua única função era buscar a verdade e com ela aplicar a justiça de acordo com as regras estabelecidas pelas leis.

– Tem mais alguma coisa que gostaria de me dizer em sua defesa?

– Olha doutor, como pode ver em minha ficha, já cometi muitos erros na vida. Confesso que os últimos anos não foram fáceis, principalmente depois da morte do meu pai. Não tinha uma relação boa com a minha mãe, mas juro que não fui eu quem a matou.

Antônio Leoveral ouvia atento cada frase dita pelo réu, mas principalmente observava suas reações, era um juiz experiente que sabia interpretar quando as pessoas mentiam ou falavam a verdade. Depois da sua última pergunta, ainda questionou o promotor se restara alguma dúvida:

– Uma questão de ordem, Excelência – gritou, Dr. Clóvis.

– Diga, mas não precisa gritar – respondeu o juiz.

– O meu cliente tem assegurado pela Constituição Federal o direito ao silêncio, sendo que isso jamais poderá ser interpretado contra ele. Por isso, ele não vai responder as perguntas do Ministério Público.

Henrique Dias tinha estudado o caso em todos os seus detalhes, bem como crimes que Everton cometera no passado. Em seu bloco de anotações preparou quinze perguntas e, ao ouvir o argumento de Dr. Clóvis, perdeu a paciência.

– Se ele é tão inocente assim, por que está se omitindo? Ora, qual homem com um pingo de dignidade vai se omitir em responder perguntas, ainda mais querendo provar que não esfaqueou a própria mãe. Se omite porque é culpado, sim. Aliás, que tipo de covarde esfaqueia ninguém menos do que a mulher que lhe gerou a vida?

Confuso, Everton Torrani não sabia o que fazer, achou mesmo que o promotor tinha razão, e quando foi dizer que iria responder, ouviu os gritos do seu defensor.

– Por acaso é tão ignorante a ponto de não conhecer a Constituição Federal?

– Ora, quem falando em ignorância! Tem ignorância e covardia maior do que arrancar a única casa de um acusado algemado dentro de uma delegacia, na qual a mãe acabara de ser morta? Você não tem decência, Clóvis.

– Agora quer saber dos meus honorários, vai cuidar da sua vida! Poderia ao menos dar uma lida na Constituição. Nem sei como você passou em um concurso público. Ah! Sei sim, me lembrei agora que tem uma família influente...

– Chega – gritou Dr. Antônio Leoveral. – O senhor hoje está realmente passando dos limites, Dr. Clóvis. Olha a bobagem que está insinuando de um promotor culto que também é um dos melhores professores universitários da região. Mais uma palavra nesse sentido e vou lhe prender por desacato!

A voz do magistrado foi ouvida no lado de fora da audiência, onde advogados, réus, testemunhas e policiais que faziam a segurança dividiam o pequeno espaço destinado a quem esperava as próximas audiências. Fazia tempo que o magistrado não gritava tão alto: "Hoje não vai ser fácil", pensou assustado um outro réu, que logo seria interrogado.

A sala de audiência ficou em completo silêncio, vendo que tinha ido longe demais, Dr. Clóvis conteve a raiva que sentia contra o promotor. Não era de hoje que nutria um sentimento de ódio contra ele.

– Eu falo, ninguém mais. Em relação ao silêncio parcial, ou seja, de não responder as perguntas da acusação, está mesmo garantido pela Constituição Federal...

– Só o professor aí não sabia – interrompeu Clóvis, debochando.

– A próxima interrupção eu juro que vou perder a paciência contigo.

– Desculpa, Excelência – respondeu, encarando o promotor.

"É um verdadeiro lixo esse sujeito", pensou Dr. Henrique Dias. Mas segurou o ímpeto que teve de afrontá-lo e permaneceu em silêncio. Conhecia bem a maneira como o magistrado trabalhava, e sabia que sempre era um erro interrompê-lo quando ele tinha a palavra.

– Mas antes devo perguntar ao acusado se essa é a vontade dele. Everton, o senhor concorda com a sua defesa técnica, ou seja, de que não deve responder as perguntas formuladas pela acusação?

– Isso quem decide sou eu – interveio Clóvis.

– Silêncio – gritou dando dois socos fortes na mesa, assustando mais uma vez as pessoas que esperavam as próximas audiências. – Então, Everton, o que decide fazer?

"E agora o que faço?", pensou em desespero. Teve vontade de responder, mas ao mesmo tempo temeu não seguir o conselho de quem o estava defendendo. Olhou a expressão do promotor, parecia uma fera querendo encurralá-lo e concluiu: "O Dr. Clóvis estudou cinco anos em uma Universidade para poder ser advogado, ele não pode estar tão errado".

– Vou seguir os conselhos do meu advogado.

– E o senhor, Dr. Clóvis, pretende que ele preste mais algum esclarecimento?

– Não, Excelência. Está mais que provado que ele é inocente, portanto tenho um requerimento a fazer.

– Sim, fique à vontade – respondeu o juiz.

– Tendo em vista inexistirem provas concretas da culpa do meu cliente, bem como ele se compromete a comparecer a todos os atos do processo, estou requerendo a revogação da prisão preventiva. Seria isso, Excelência.

– O doutor promotor pretende se manifestar agora ou irá pedir vistas?

– Pelo adiantado da hora, peço vistas para me manifestar em gabinete...

– Isso é um absurdo – interveio Clóvis. – O Everton está preso injustamente e vai pedir vistas somente pelo prazer de deixá-lo mofando mais uns dias naquele presídio insalubre. Fico pensando que tipo de pessoa fica feliz com uma sacanagem dessas!

– Olha, Dr. Clóvis, para começar, ele não ficará mais uns dias, mas sim diversos anos, tanto pelas provas que tem no processo, mas também porque ele contratou um advogado que jamais sequer fez um Júri, mas a todo momento cobra de clientes prometendo absolvê-los nesse tipo de procedimento. Será que o seu cliente sabe disso?

– Olha a besteira que está falando!

– Então, me diga apenas um Júri em que o senhor atuou em todos esses anos como advogado?

– Eu vou te processar! Me difamando na frente do meu constituinte!

– Mas então, me diga, qual foi e pare de espernear!

– Chega os dois. Isso já foi longe demais! – gritou o magistrado, só que dessa vez bem mais alto do que antes.

A tensão era nítida entre defensor e acusador, e sentado na frente do juiz, o acusado começou a passar mal e pediu um copo de água. Vendo que não estava fingindo, o escrivão lhe alcançou uma pequena garrafa plástica com água. Passados alguns instantes, quando o silêncio reinava absoluto na sala da audiência, o magistrado retomou o ato processual:

– O senhor vai se manifestar em gabinete, então?

– Olha, Excelência, por consideração ao senhor, de não tolerar o atraso em suas audiências, foi que decidi me manifestar em gabinete, pois já são quase quatro horas da tarde, e a próxima audiência começaria as duas e trinta. No entanto, caso não me manifeste agora, esse advogado aí vai espalhar notícias falsas que sou insensível e sádico. Por conta disso, peço desculpas pelo atraso que vou lhe causar, e me manifesto agora.

– Está bem. Fique tranquilo, pois te compreendo. Está com a palavra.

– O crime em questão trata-se de um homicídio duplamente qualificado. Diferente do que alega a defesa, várias são as provas que demonstram ser o acusado culpado pela morte da própria mãe, além do que apresenta uma extensa ficha criminal, não possui emprego lícito. Ressalto também que sequer tem residência fixa, até porque correm boatos, que poderemos comprovar pela prova documental junto ao Cartório de Imóveis, que Everton deu ao seu advogado em troca dos serviços advocatícios...

– Pelo jeito está querendo ir lá morar comigo... – interrompeu Dr. Clóvis.

– Preferia a morte do que dividir a moradia com alguém do teu caráter – respondeu o promotor, dessa vez em tom áspero e seco.

– Será que não? Parece até que está apaixonado por mim!

– Doutores, pelo amor de Deus – berrou o magistrado, só que agora a plateia no corredor estava muito maior, uns porque esperavam as respectivas audiências, outros pela curiosidade – Vamos prosseguir, deseja argumentar algo mais, Dr. Henrique?

– Não, Excelência.

– Já que perdemos tanto tempo, o que são mais alguns minutos? Em regra, decido em gabinete, mas por conta do ocorrido nessa audiência para lá de desagradável, vou decidir agora.

– Obrigado, doutor – respondeu Clóvis confiante.

– Merece razão o Ministério Público, o acusado coleciona condenação criminal e outros processos em andamento. Não possui emprego, tampouco residência fixa, além do mais, existem indícios da prática do delito. Assim sendo, indefiro o pedido de revogação da prisão preventiva.

Everton sentiu uma ponta de desespero, pensou em se dirigir ao magistrado, mas teve receio e permaneceu em silêncio. Do seu lado, Dr. Clóvis disse em seu ouvido para ele se acalmar, pois logo conseguiria a liberdade através de um Habeas Corpus dirigido ao Tribunal de Justiça. "Será que ainda posso confiar nele?", pensou, mas sabia que não tinha outra alternativa.

– Dr. Clóvis, estou te intimando para apresentar a Defesa Prévia no prazo de três dias. Everton, em um português mais claro, tem três dias para apresentar as suas testemunhas defensivas. Por derradeiro, intimo as partes da audiência de instrução e julgamento que será realizada dia 6 de setembro, às 14 horas. Não vou tolerar um novo atraso e, caso a defesa não compareça, será nomeado defensor dativo para o ato, e enviarei um ofício à Ordem dos Advogados do Brasil. E dou por encerrada a audiência.

A expressão de indignação de Everton com seu defensor era notória. Pediu para conversar com ele antes que o levassem ao presídio, mas com o argumento mentiroso que teria outra audiência, disse que não poderia.

– Calma, rapaz, logo estará em casa, ou melhor, em liberdade – consertou, lembrando que ele não tinha mais um lar.

– E se eu não sair?

– Confie em mim. Caso essa aberração jurídica aconteça, ficará sabendo, pois irei te visitar e traçaremos outra estratégia.

· ◆ ◆ ◆ ·

O mês de agosto passou sem nenhuma novidade no processo de Everton. E, distante alguns quilômetros da casa prisional, Zulmira preparava os últimos detalhes para o jantar, em que seu marido estava completando 55 anos. Não seria nada demais, convidaram apenas os donos da chácara e Humberto. Matheus, com 26 anos de idade, depois de formado, mudara-se para um apartamento, que ganhou de Heitor, próximo ao escritório. Entretanto, quase todos os finais de semana ia para Itaara e ficava na companhia dos pais, onde estudava os processos e também para as provas do mestrado. Segundo Humberto, ele precisava descansar mais e arrumar uma namorada. No entanto, a devoção ao trabalho e aos estudos o impediam de se dedicar a um relacionamento sério: "Deixa o garoto investir na profissão, se perder o ritmo agora, não irá evoluir mais", dizia Heitor ao investigador, que respondia: "Estudar o quê? Ele já é um bom advogado", que complementava: "Ele vai finalizar o mestrado, depois vou arrumar um doutorado, e logo ele vai começar a dar aulas comigo na universidade". Na verdade, Humberto sabia que Matheus era como se fosse filho do seu chefe, mas mesmo assim não entendia porque ele não arrumava uma esposa e deixava os estudos um pouco de lado.

Era por volta das 19hs, quando Marcela chegou, na companhia do marido, com um bolo, e todos cantaram os parabéns. Quando riam das piadas de Humberto, o telefone tocou:

– Alô – atendeu Humberto.

– Buenas noites, necessito hablar com Dr. Heitor Romano.

– Opa, só um minuto – respondeu intrigado.

– Doutor, um veterano falando espanhol quer falar com o senhor –disse, com a mão no telefone para não ser ouvido pelo interlocutor.

" Ué, quem será?", pensou o advogado. Por minutos que pareceram uma eternidade, o argentino falou sem parar, enquanto os presentes observavam a expressão de preocupação de Heitor. Depois que finalmente desligou o telefone, Marcela não aguentou a ansiedade:

– O que aconteceu? Você está branco como papel!

Heitor Romano não conseguia falar, parecia que enxergava um fantasma diante de si, mesmo com 56 anos de idade, continuava sendo um homem bonito e bem conservado, porém naquele momento parecia aterrorizado.

– Diga o que houve, pelo amor de Deus! – disse Marcela tocando em seu rosto.

– Foi o Leonel...

– O que houve com ele? – interveio Humberto.

– Acabou de se acidentar, seu estado é grave.

– Eu disse para ele não fazer essa viagem pela Cordilheira dos Andes. Em que lugar ele está?

– Na fronteira entre a Argentina e o Chile e, para piorar, tem apenas um hospital precário por lá.

– E, agora, o que vamos fazer? – perguntou Marcela.

– Por favor, deixa eu pensar um pouco.

Leonel era um grande amigo de Heitor Romano, na verdade se conheciam há anos, e eram como se fossem irmãos. Humberto, nervoso, caminhava de um lado para o outro. Zulmira sempre preocupada com o bem–estar dos que ali estavam, e que ela os considerava a sua verdadeira família, preparou um chá de erva cidreira e levou até seu chefe:

– Obrigado – respondeu. – Humberto, você tem condições de dirigir?

– Claro que sim. Por mim, vamos até essa tal de Cordilheira agora.

– Não, me leva até ao aeroporto de Porto Alegre que embarco no primeiro voo até Buenos Aires, e de lá consigo outro voo para encontrar o Leonel.

– Tem certeza, chefe?

– Sim, tenho. Outra coisa, Matheus, confesso que não sei quantos dias vou ficar, até porque somente vou voltar quando ele estiver bem. Preciso saber se você se anima a cuidar sozinho do escritório.

– Lógico que sim, mas se precisar vou com o senhor.

– Não, preciso que você fique aqui. Não podemos deixar desamparados os clientes que já têm seus respectivos sofrimentos.

– O que o senhor mandar, considere feito.

– Muito bem, vamos lá então, Humberto.

– E as suas roupas, amor, não precisa que eu arrume uma mala?

– Desculpa, já ia esquecendo. Pegue o que você achar.

Por precaução, Heitor sempre deixava algumas mudas de roupa na casa da chácara, por conta de acontecer uma emergência como aquela. Em menos de dez minutos, Heitor Romano partiu, tentando conter o nervosismo.

Os dias foram passando, e as notícias que vinham da Argentina eram um pouco assustadoras. Mas havia esperança de que Leonel iria sobreviver. Foi o período em que Matheus mais trabalhou na vida. Chegava às seis horas da manhã no escritório e saia apenas alguns minutos para almoçar na companhia de Humberto. E chegava em casa sempre após as dez horas da noite. No entanto, quem mais se preocupava era Humberto. Leonel também era um grande amigo dele, a vontade que tinha era de ir ao Hospital em que estavam à beira da Cordilheira dos Andes, porém jamais desobedeceria a uma ordem do Dr. Heitor.

Foi a primeira vez que Matheus viu Humberto ficar sem sorrir, a expressão de agonia era visível em seu semblante. Por isso, em uma tarde chuvosa, na primeira semana do mês de setembro, ele tentou puxar assunto com o amigo.

– Humberto, se precisar vá até lá, eu dou conta sozinho.

– Falei com o chefe ontem, pedi isso a ele, mas me proibiu de ir.

– Por quê?

– Disse que eu sou muito esquentado.

– Como assim? – questionou Matheus, sem entender nada.

– Pois é, também não entendi. Mas coisa boa não deve ser. Torço para que os médicos e enfermeiros do hospital não estejam de sacanagem, pois se descobrir isso vou até lá escondido e resolvo à bala.

– Calma, vamos rezar pra que dê tudo certo.

– Tenho certeza que vai dar, conheço bem o Dr. Heitor, e sei que ele vai trazer o nosso amigo em segurança.

Distante algumas quadras dali,a situação de Everton era infinitamente mais desesperadora. Faltavam poucas horas para a audiência, mesmo assim Dr. Clóvis não apareceu. Nesse intervalo de um pouco mais de um mês entre o interrogatório do acusado e a audiência de instrução e julgamento, o advogado não foi capaz de ir ao presídio uma única vez. De nada adiantaram os recados mandados por Everton, por uma assistente social, para que entrasse em contato. E, para piorar, desde que colocara os pés na prisão, nem um amigo ou familiar foi visitá-lo e, sem um único tostão, não conseguiu contratar outro defensor.

Os minutos foram passando, e maior ficava a agonia por parte de Everton à espera de Dr. Clóvis, até que recebeu o aviso que o furgão com dois agentes penitenciários o esperava para conduzi-lo até o Fórum. "Não é possível que aquele desgraçado não veio conversar comigo, daqui a pouco nem fez esse tal de Habeas Corpus", pensou, precisando manter a concentração para não socar o que via pela frente.

Na chegada ao Fórum, esperou impaciente até o relógio marcar duas horas da tarde para ser conduzido da cela do Tribunal até a sala de audiências. Ao entrar, percebeu que Dr. Clóvis não estava presente, enquanto juiz e promotor conversavam. Parecia que os dois estavam preocupados.

– Senta, por favor – disse, de forma cortês, o Dr. Antônio Leoveral.

Devidamente acomodado, o magistrado dirigiu-lhe a palavra:

– Por acaso, teve notícias do Dr. Clóvis?

– Olha, Excelência, posso falar de forma sincera?

– Sim, por isso que te perguntei, e preciso decidir algo agora e vai depender um pouco do que você falar.

– Ele me disse, logo que acabou a audiência, que eu sairia por causa de um Habeas Corpus. Só que nesse tempo todo, nunca foi falar comigo. E, ainda, pedi diversas vezes para o assistente social do presídio entrar em contato com ele, e nada.

– Imaginava isso, mas queria ouvir de você.

– O senhor pode me falar o que está acontecendo?

– Ontem ele deixou uma petição renunciando à tua defesa. Quando o escrivão me falou, cheguei até a pensar que seria uma estratégia para adiar a audiência de hoje. Entretanto, só agora que estou lendo a petição...

– Mas por que ele deixou de me defender? – interrompeu Everton. – Desculpa, não queria interromper o senhor.

– Não tem problema. Ele escreveu que estava renunciando por conta do exame de DNA que foi juntado ao processo semana passada. Mas creio que nem isso deva saber.

– DNA, nem sei o que é isso!

Antônio Leoveral estava visivelmente irritado, e pediu que levassem o acusado para outra sala até que decidissem o que fazer. Aquela declaração ajudava e muito o promotor de justiça na acusação, era nada mais do que a confissão, só que do próprio advogado de defesa, que o cliente era culpado. Todavia, Dr. Henrique Dias era um homem justo, não tinha dúvidas de que Everton era culpado pela morte da mãe. Mas, ao mesmo tempo, não usaria de artimanhas imorais para conseguir a condenação, que aos seus olhos já parecia certa.

Por mais de vinte minutos, os dois conversaram e acordaram em desentranhar do processo a petição de Dr. Clóvis, que a partir de então jamais poderia ser usada contra o acusado. Resolveram, também, oficiar a conduta do advogado à Ordem dos Advogados do Brasil e à autoridade policial para investigar o crime em tese de patrocínio infiel. Depois de uma pequena discussão, mantiveram a audiência, nomeando um defensor dativo para o ato.

O advogado chamado formou-se um ano atrás, nunca participou de um Júri. Contudo, era um jovem esforçado e honesto. Antes da audiência começar, o promotor, por ser, além de acusador, um fiscal da lei, explicou a Everton que as provas de DNA se referiam ao material genético encontrado debaixo das unhas da vítima, e segundo o exame realizado por peritos, a pele e o sangue eram compatíveis com a do acusado. Surpreendido e sem entender muita coisa, o acusado não soube o que falar.

Dr. Henrique alegrou-se com a inovação da prova cientifica. Era a primeira vez que um exame de DNA ocorrera na Comarca, e justamente em um processo importante, com a força de desmascarar qualquer mentira porventura contada pelo réu.

Ao contarem sobre a prova ao defensor dativo, ele permaneceu em silêncio. Pediu apenas cópias dos depoimentos prestados em sede policial e também do relatório de indiciamento feito pelo delegado de polícia. Por não conhecer o processo, o magistrado lhe concedeu alguns minutos, e logo começaram a ouvir a primeira testemunha:

– Ricardo Santos – gritou o escrivão, que logo se dirigiu e sentou na frente do magistrado.

– Boa tarde, senhor.

– Boa tarde, Excelência.

– Tem algum parentesco, amizade íntima ou inimizade com o acusado ou vítima?

– Não, senhor. Apenas o conhecia, pois já o prendi em outra oportunidade, bem como também prendi o falecido pai dele.

– Então, sabe que está compromissado a dizer a verdade, e caso minta responderá pelo delito de falso testemunho?

– Sim, senhor.

– Pelo que me consta, é policial militar e participou da prisão do acusado. O que mais sabe sobre o fato?

– Naquela noite deu diversas ocorrências de fuzarca por causa da final da Copa do Mundo. Recebemos um aviso, via rádio, de que ocorria uma briga na casa do acusado, ao que me parece um vizinho ligou para o 190. Deslocamos até lá, só que pensando ser apenas uma briga, até porque ocorreram diversas naquela noite, como expliquei.

– Tá, e chegando lá, o que o senhor viu?

– A mulher estava morta, tinha bastante sangue espalhado pelo chão, e também na roupa do Everton. Era visível que teve uma briga entre eles...

– Por que o senhor afirma isso? – interrompeu o magistrado.

– Tinha diversos móveis quebrados, me chamou a atenção uma frigideira jogada ao chão, como se a vítima a tivesse usado para autodefesa. Outra coisa, a faca estava ao lado do acusado. Ressalto que chegamos de surpresa, não deu tempo dele se livrar da arma do crime.

A cada frase que a testemunha completava, mais difícil tornava-se a situação de Everton, que sentia uma mistura de ódio contra o antigo advogado e desespero em relação ao cerco que se fechava contra ele. E, quando parecia que a situação não poderia mais piorar, teve mais um questionamento do magistrado.

– E qual foi a reação do acusado ao ver vocês?

– Olha, doutor, como disse, e vou repetir: ele foi pego de surpresa com a arma do crime ao lado dele e com o sangue da vítima nas mãos. Porém, o que mais me admirou foi a frieza. Ele só se preocupou em gritar que era inocente, parecia até que o corpo daquela mulher era algo insignificante para o acusado. Depois, ao verificar que a falecida era mãe dele, mesmo com a minha experiência de anos, me abalei. E quando chegou a informação de que a mulher tinha vários registros contra o filho, entendi a motivação e lhe dei voz de prisão.

– Ok, pergunto ao promotor de justiça se tem perguntas a fazer?

– Sim, Excelência.

– Então, está com a palavra.

– Caro Ricardo, prazer revê-lo.

– O prazer é meu, Dr. Henrique.

– Pois bem, foste o primeiro a chegar na cena do crime, correto?

– Sim, eu e meu colega, que será ouvido depois.

– Por conta disso, o que acha que aconteceu?

– Protesto, Dr. Antônio. O que as testemunhas acham não valem como prova no processo penal – interveio o advogado, dando uma pequena luz de esperança a Everton.

– A defesa tem razão...

– Sem problemas, Excelência, vou reformular a pergunta – interrompeu o promotor, dando-se conta do erro que cometeu, certamente pelo excesso de confiança.

– Pelo que me consta, és um policial experiente. Te pergunto, quantos anos de carreira o senhor tem, bem como quantas prisões e casos de homicídios participou?

– Com muito orgulho tenho vinte e dois anos de carreira, sem nunca ser punido. Tenho centenas de prisões e participei de dezenas de casos, efetuando prisões e estando presente nos locais de crimes.

– Ótimo, pelo que me consta, também está estudando Direito na Universidade Federal de Santa Maria?

– Sim, senhor. E, se me permite, estou ansioso para ser seu aluno...

– Isso não tem nada a ver com o caso – interveio o defensor, medindo as palavras para manter a cordialidade.

– Prossiga, por favor, e com perguntas objetivas – interveio o juiz, dirigindo-se ao promotor.

– Como o magistrado corretamente sugeriu, vou lhe fazer uma pergunta bem objetiva e técnica. Com base na tua vasta experiência, e por ser o primeiro a chegar na cena do crime, qual foi a tua conclusão? Veja bem, não estou perguntando o que acha, mas sim o que concluiu com base nas provas que observou?

– Que o acusado é culpado, não tenho a menor dúvida em relação a isso!

– Muito obrigado, sem mais perguntas por parte do Ministério Público.

O brilho nos olhos de Dr. Henrique entregava o ar de realização que sentia: "Agora esse crápula que matou a própria mãe não vai se escapar das garras da justiça", pensou. Enquanto perdia-se na vaidade, o juiz passou a palavra ao defensor dativo.

– Boa tarde, policial.

– Boa tarde.

A testemunha, em hipótese alguma desprezava o defensor, mas era nítido que admirava muito mais o acusador. Segundo os juristas da região, essa era uma das desvantagens que se tinha em contratar um advogado desconhecido.

– Pelo que entendi, o senhor não presenciou o acusado desferindo as facadas contra a própria mãe?

– Não, como eu expliquei antes, ao chegar a vítima já estava morta, e o seu cliente, com a faca ao lado de seu corpo, e com sangue nas mãos, que era da vítima.

– O senhor sabe se ele tentou reanimá-la?

– Eu não vi nada nesse sentido, e vou repetir pela terceira vez: eu cheguei lá de surpresa, sem ele perceber, e mesmo assim não vi ele tentar reanimar a própria mãe. Muito pelo contrário, ele não demonstrou nenhum sentimento de tristeza.

O advogado dativo era bem–intencionado, porém lhe faltava experiência, e teve medo de continuar perguntando. Parecia que a cada questionamento que fazia, comprometia ainda mais Everton.

– Estou satisfeito, Excelência. Por ele não ter visto quem a matou, não tenho mais questionamentos.

– Calma lá – interveio Dr. Henrique. – O policial acabou de dizer que pelas provas técnicas, tem certeza que foi o seu cliente o autor desse homicídio qualificado.

– Ele não tem bola de cristal...

– Acalmem-se, doutores. O depoimento já está encerrado e nenhuma das observações dos senhores serão transcritas. Vamos continuar, teremos uma tarde longa hoje.

A próxima testemunha foi o policial João Santos, que durante trinta minutos praticamente repetiu os detalhes do que seu colega falou. Reafirmou sobre a faca, o sangue nas mãos e, principalmente, a frieza de Everton ao ver a mãe morta.

– André Silveira – gritou o escrivão.

– Sim, estou aqui – disse, dirigindo-se à sala de audiências.

O Delegado Silveira era um profissional cauteloso, no entanto, criticado por muitos colegas por ser garantista. Porém, ninguém podia negar sua fama de trabalhador e honesto. Com 40 anos de idade, passara praticamente toda sua vida em Santa Maria, com exceção do período em que ficou em Porto Alegre por conta da Academia de Polícia. Filho de um agente da polícia federal, criou-se em delegacias, e conhecia, como poucos, as ruas e os malfeitores de sua cidade natal.

– Olá, Delegado. Desculpe o atraso, na verdade não me dei conta que o senhor esperava lá fora. Se soubesse, o teria chamado em primeiro lugar para prestar depoimento.

Sempre cordial, respondeu:

– Estou aqui para trabalhar, não tem nenhum problema esperar. É sempre um privilégio servir ao Poder Judiciário.

– Não imagina como gostaria que todos fossem educados como a sua pessoa – respondeu o magistrado.

– É uma honra ouvir isso, ainda mais vindo de Vossa Excelência.

– Pois bem, vamos lá. Tem algum parentesco, amizade íntima ou inimizade com as partes?

Enquanto conversava com o juiz, Everton sussurrou algo no ouvido do defensor. Pela maneira como falou, parecia algo relevante:

– Questão de ordem, Excelência. Vou contraditar a testemunha.

– Mas por que razão? – questionou Dr. Antônio Leoveral, surpreso.

– Ele tem interesse na causa, logicamente não vai querer que ao final os jurados afirmem que ele errou. Outra coisa que julgo pertinente é que ele tem um histórico de prisão e inimizade contra o acusado e seu falecido pai.

A expressão de desprezo era visível no juiz, começara a arrepender-se em nomear aquele defensor dativo, mas ao relembrar que não era mais Clóvis quem estava atuando, teve uma sensação de bem estar.

– Dr. André Silveira, o senhor tem algum interesse na causa ou inimizade com o réu?

– Não, Excelência. Apenas fiz o meu trabalho, como, aliás, sempre faço.

– Antes de passar a palavra ao Ministério Público, pergunto se o defensor tem alguma testemunha que saiba sobre essa tal inimizade?

– Isso está prejudicado pelo fato de estar assumindo o caso minutos antes da audiência.

– Everton, qual testemunha afirma que o delegado é teu inimigo? – questionou o juiz impaciente

– Tenho alguns amigos que sabem.

– Então, me diga o nome deles e endereço, pois vou mandar o oficial de justiça buscá-los em suas respectivas casas.

– Na verdade, sei somente os apelidos, e não tenho certeza do lugar que estão morando.

– Entendi, ou seja, não tem ninguém que prove isso! – respondeu com cara de poucos amigos. – Passo a palavra ao promotor para que se manifeste em relação à contradita do delegado.

– Em Primeiro lugar, peço desculpas ao delegado por esse constrangimento. Em segundo, não existe absolutamente nenhuma relação de inimizade entre o delegado e acusado, como acabamos de presenciar com as palavras do próprio acusado, que chegou perto de desrespeitar a justiça. Por derradeiro, o simples fato de ser o delegado do inquérito, não o impede de prestar o compromisso de dizer a verdade, até mesmo porque se trata de um servidor com fé pública, que, diga-se de passagem, é muito admirado e respeitado na comunidade.

O defensor dativo murchou com as alegações do fiscal da lei, parecia mesmo que não era o dia dele. Sentado ao seu lado, Everton perdia ainda mais as esperanças da liberdade, começou a pensar como aguentaria os próximos anos dentro de um presídio. Na verdade, até agora suas prisões não foram longas e teve o benefício de ser condenado em regimes mais brandos. No máximo, passava os dias na rua e ia apenas dormir na penitenciária. No entanto, a realidade que se aproximava era mais severa e duradoura.

– Acolho o parecer do Ministério Público e indefiro a contradita alegada pela defesa. O senhor será ouvido na condição de testemunha. O que pode nos dizer sobre esse fato?

– Olha, Dr. Antônio, me lembro que aconteceu na noite em que o Brasil foi tetracampeão. Por acaso, estava de plantão e os policiais militares conduziram o acusado até a delegacia. Salvo melhor juízo, eles não presenciaram o Everton desferindo as facadas que levaram a vítima a óbito, porém o surpreenderam logo após o crime.

– O senhor lembra sobre a arma do delito ou outros detalhes relevantes?

– Sim, já ia esquecendo. Quando os brigadianos chegaram, a faca estava ao lado do acusado, que também tinha as mãos sujas com o sangue da mãe. Ao que me falaram, ele não tentou reanimá-la, pelo menos no momento que chegaram não presenciaram nenhum tipo de socorro.

– Ok, passo a palavra ao Ministério Público.

– Boa tarde, delegado.

– Olá, professor. Prazer revê-lo.

"Aí fica difícil trabalhar, esse promotor é amigo ou foi professor de quase todo mundo", pensou o defensor, mas preferiu ficar quieto.

– É sempre bom rever um grande ex-aluno. O senhor ouviu o acusado logo depois do fato. Recorda se ele tinha algum sentimento de tristeza pela morte da mãe?

– Isso, Dr. Henrique, me chamou muito a atenção. Parecia até que um animal tinha morrido, ao invés da mãe dele. Respondendo objetivamente ao senhor, não demonstrou nenhuma tristeza.

– Sabe como era a relação de ambos?

– Péssima, inclusive tinha diversas ocorrências da vítima Juliette contra o filho, se não estou enganado: ameaças de morte, lesões, além de difamações e injúrias.

– Lembra por que razão de tanto ódio?

– A Juliette abandonou o Everton quando ele era adolescente. Na verdade, ela fugiu com aquele criminoso, como era o nome dele...

– Pode ser Tião? – interrompeu o promotor.

– Isso mesmo, lembro que era muito violento e tinha diversos homicídios. Daí, o Jeferson, pai do Everton, morreu anos depois, o Tião foi morto em um assalto. Então, ela volta para Santa Maria e vai morar na casa com o filho, que não aceitava isso, e por incontáveis vezes tentou expulsá-la de casa. Porém, não sei os motivos, talvez porque não tivesse para onde ir, sempre voltava para essa casa, na qual aconteceu o homicídio.

– Em seu relatório de indiciamento, afirma também que, além do motivo fútil, o acusado a matou sem que ela tivesse chance de defesa, correto?

– Sim, doutor. Ele, um jovem forte armado com uma faca afiada, ela uma mulher mais velha, e morta dentro da própria casa pelo filho que deveria protegê-la.

– Eu, protegê-la!? – gritou Everton, não conseguindo conter a raiva.

– Quero que conste em ata essa reação, Excelência – argumentou o promotor.

A única reação do defensor foi pedir que seu constituído permanecesse em silêncio. "Não vê que está te enterrando ainda mais com esse tipo de comportamento?", falou no ouvido dele, que logo se arrependeu. As palavras da autoridade policial causaram uma raiva no acusado, a ponto de fazê-lo sentir uma ardência no estômago. "Que tipo de mãe rouba e abandona o próprio filho com um atoa como o Tião. Devem os dois estar no inferno agora", pensou.

– Finalizando, delegado, recorda que recolheram material genético sob as unhas da vítima, e por que razão?

– Sim, muito importante esse questionamento. Segundo os policiais que estiveram no local do crime, teve uma briga entre acusado e vítima. A Juliette tinha marcas nas mãos e unhas, como se tivesse entrado em luta corporal para se defender. A perícia ficou pronta depois da investigação, mas ao que me parece, o DNA encontrado nas unhas da vítima é compatível com a do acusado, ou seja, provavelmente é dele.

– Muito obrigado, meu caro delegado. O ministério público não tem mais perguntas.

– Pergunto à defesa se tem algum questionamento.

– Apenas uma pergunta, Meritíssimo. O senhor foi até o local do crime, presenciou o acusado com uma faca?

– Não, doutor.

– Nada mais – finalizou o defensor.

Faltavam duas testemunhas arroladas na denúncia oferecida pelo Ministério Público. Do lado defensivo, Dr. Clóvis apresentou a defesa prévia no prazo determinado pela lei, ou seja, até três dias depois do interrogatório, porém não indicou nenhuma testemunha. Não foi capaz de visitar o acusado no presídio e perguntar quem poderia depor a seu favor. Muitos estudiosos de processo penal criticavam a ordem dos depoimentos, alegavam que o acusado não deveria ser o primeiro a prestar depoimento. Pelo contrário, deveria ser exatamente o último, prestando esclarecimentos depois que todas as testemunhas apresentassem sua versão, o que iria ao encontro do Princípio Constitucional da Ampla Defesa. No entanto, conseguiram fazer a respectiva mudança mais de uma década depois.

– Chama a testemunha com o nome de Solange Andrade – falou o magistrado ao escrivão.

O servidor retornou e disse alguma coisa no ouvido do seu chefe, sem entender o que acontecia, Everton foi retirado da sala de audiência.

– A testemunha tem receio de falar na presença do réu. A defesa tem alguma objeção?

– Nenhuma – respondeu, sem um mínimo poder de argumentação.

– Então, vamos recomeçar.

– A senhora tem algum parentesco, amizade íntima ou inimizade com o acusado ou tinha com a vítima?

– Não, Seu Juiz, sou apenas vizinha.

– Não frequentavam a casa um do outro?

– Nunca fui até a aquela maldita casa.

– Será ouvida na condição de testemunha. É obrigada a falar a verdade. Comece me explicando, por que se referiu à casa do acusado como "maldita".

– Moro lá há mais de vinte anos. Primeiro, eram as brigas do pai do Everton com a falecida; depois, quando o rapaz aí que matou a mãe passou a morar sozinho, aquilo era um antro de vagabundos; por fim, quando a Juliette voltou pra casa, parecia uma zona de guerra. Eu sei que a Juliette não prestava, mas também não merecia apanhar do filho.

– Alguma vez a senhora presenciou isso?

– Como disse, nunca entrei na casa deles, mas ouvia os gritos dela pedindo por socorro. Certa vez, acho que logo depois que ela voltou, lembro da Juliette sair correndo de casa com o nariz sangrando.

– E nesse dia, o que a senhora viu ou ouviu?

– Ouvi gritos de briga, parecia que quebrariam a casa. Daí resolvi ligar para a polícia.

– Ouviu a voz do acusado?

– Era muito foguetório por causa da final da copa, não consegui identificar a outra voz.

– Viu alguém entrando na casa?

– Não, ouvi os gritos por socorro e barulho de objetos se espatifando.

– Com a palavra o Ministério Público.

– Qual era o conceito de Everton na vizinhança?

– Olha, doutor, ele nunca trabalhou na vida. Dizem que vive de assaltos, tráfico, esse tipo de porcaria. Posso ser sincera?

– Claro que sim.

– A vizinhança está torcendo que ele continue preso, depois que foi parar na cadeia não se sente mais cheiro de maconha. Tá todo mundo feliz, Deus que me perdoe falar isso, no fundo, uma mulher foi morta, mas não posso mentir e dizer que gostamos da presença dele.

– Satisfeito, Excelência.

– Estou com a palavra, Excelência? – perguntou o jovem advogado.

– Sim, está.

– A senhora disse que não viu mais ninguém entrar na casa, correto?

– Sim, senhor.

– Naquela noite, por acaso, fez um jantar ou ficou vendo televisão, até porque a maioria das pessoas estava grudadas na frente de uma TV por causa da final da Copa?

– Sim, fiz a janta para a minha família, mas não sou muito de futebol.

– Então, não ficou todo tempo olhando para a casa do seu vizinho?

– Não, como disse, eu cozinhei.

– Posso afirmar que pode ter chegado alguma pessoa estranha na casa do Everton sem que você percebesse?

– Pode, sim, mas eu não vi.

– Não tenho mais questionamentos.

A próxima testemunha era o marido de Solange. Dr. Henrique Dias releu seu depoimento na fase policial, não falava nada a mais do que a esposa acabara de dizer, e acabou desistindo da testemunha. A defesa não se opôs. Por fim, o magistrado perguntou se acusação e defesa pretenderiam alguma diligência, que foi dito pelos dois que não, e assim encerrou a instrução e os intimou a apresentarem as Alegações Finais. Primeiro, o Ministério Público, após a defesa teria o prazo de três dias para protocolar. No entanto, lembrou que o advogado era nomeado apenas para a audiência, e dirigiu a palavra ao acusado:

– O senhor tem o direito de constituir um advogado da sua confiança. Por acaso, teria algum, ou posso nomear a defensoria pública? – o juiz até pensou em nomear o advogado que participou da audiência para o caso, entretanto ao longo dos depoimentos teve certeza de que ele não estaria ainda preparado para enfrentar um julgamento no Tribunal do Júri.

– Olha, doutor, eu não tenho dinheiro para contratar advogado, até porque o Dr. Clóvis ficou com meu único bem.

– Isso é um absurdo – não suportou Dr. Henrique – Pega a casa de um cliente preso, e depois some.

– Pois é, por isso já encaminhei ofício ao Ministério Público. Vou nomear um defensor público então, mas caso ache um advogado de confiança poderá contratá-lo a qualquer momento.

Confiante, Dr. Henrique deixou o prédio do Fórum na companhia de um estagiário. Com as provas produzidas na audiência, deram um enorme passo para a condenação e estavam confiantes. De longe, viram o acusado algemado entrar no camburão.

– A que ponto chega o ser humano? – perguntou o promotor. – Olha o que ele fez com a própria vida, além de tirar outra!

Mesmo depois de ver tanta maldade e crimes, Dr. Henrique Dias continuava um otimista e acreditava nos seres humanos. Uma pequena parte do seu salário ele doava para projetos sociais. De fato, era um bom homem que mantinha um sonho de transformar o mundo em um lugar melhor.

O sol começara a sumir no horizonte quando Everton chegou no presídio, e a temperatura baixou abruptamente. Todavia, o frio que sentia no corpo não se comparava à triste realidade que vivia. Pensou e concluiu que sua vida era uma série de derrotas e infelicidades. Refletiu o que poderia ter feito de diferente, porém não vislumbrou nenhum caminho. Lembrou da sua adolescência, quando um padre disse, no Jornal Nacional, que a violência, a droga e o submundo do crime traziam apenas sofrimento e desespero. Na época, desligou a televisão e debochou daquelas palavras. Agora foi a primeira vez que concordou com o religioso. Estava preso há semanas, e foi o único detento da sua cela a não receber visitas. "Até o desdentado e fedido do Zé Feijão tem alguém por ele lá fora, e toda semana sua mãe vem vê-lo", pensou e teve vontade de morrer. Os tempos de empolgação, outrora trazidos pelo dinheiro fácil do crime, transformaram-se em um passado nebuloso, os lucros desapareciam em questão de poucos dias, restando apenas alguns processos e a dor imensa dos que foram vítimas.

O medo que sentia era tão forte que tentou rezar, mas no meio da oração esqueceu as palavras do Pai–nosso. Fazia muitos anos que não as ouvia. Quando chegou na cela, algo acontecera. Tinha latas de sardinhas, queijo, salame e um saco de pão que parecia ter saído do forno. "Que diabos aconteceu, será que alguém acertou no jogo do bicho?", perguntou a si mesmo.

– Te serve a vontade aí – disse Juliano, o novo preso com aspecto de playboy.

– Opa, valeu! – respondeu, pegando um pedaço de pão, devorando-o. – Não me deram sequer uma bolacha lá no Fórum, e tive que implorar para beber um copo de água.

– Filhos da puta – disse o novato com jeito de rico. – E como foi a sua audiência?

– Uma merda, o meu advogado me abandonou. O desgraçado não apareceu.

– Eu disse para não confiar no desgraçado do Clóvis – interveio outro detento. – Ele fez a mesma coisa comigo anos atrás! Dei uma surra nele, não o matei porque era um advogado e ia me complicar ainda mais.

Juliano foi preso por causa de um acidente de carro. Seu estado de embriaguez era tamanho que ficou três horas no hospital antes de ser levado ao presídio. De família rica, tinha quarenta anos e nunca trabalhou sequer um dia. Era um preguiçoso, não um criminoso. Quando sua mãe o viu algemado, conduzido dentro de uma viatura, caiu em choro e chegou antes do filho na penitenciária e pediu para conversar com o responsável:

– Boa tarde, senhor. O meu menino foi preso. Tenho receio que os criminosos matem o Juliano aqui dentro – disse a um agente penitenciário com aspecto de maluco.

– Calma, basta nos tratar bem que vamos cuidar dele – respondeu.

– Como assim? – disse, ingênua, sem entender o que ele propunha.

– Ah, desculpa, não me expliquei. Temos duas celas vagas: uma com os estupradores, outra com um pessoal bem tranquilo – mentiu, olhando as joias e roupas que usava e concluindo que era uma mulher rica.

– Por favor, coloque ele nessa cela com os detentos tranquilos!

– Posso sim, mas dependo da tua boa vontade! Se me deixar uma grana e trazer umas iguarias, ele fica nessa cela e garanto que ele será bem tratado. Posso te confessar uma coisa?

– Sim, mas, por favor, me ajuda.

– Nem eu gosto de ir na cela dos estupradores, estão todos contaminados pelo vírus HIV, além de serem uns depravados.

– Meu Deus, pegue tudo o que tenho na carteira – respondeu chorando.

– Isso basta?

– Por hoje sim, mas preciso que passe no mercado e deixe aqui aquelas iguarias que falei. A dona não vai querer que o Juliano coma as comidas daqui.

– Em menos de uma hora retorno. Muito obrigado, senhor. Garanto que não vai se arrepender.

Em poucos minutos, a mulher retornou com as compras. Uma pequena parte foi para a cela de Juliano, a outra o agente corrupto vendeu a um grupo de traficantes. Este agente era uma exceção no presídio, e de nada adiantou o dinheiro fácil, no ano seguinte veio a morrer engasgado com um pedaço de carne. Coincidência ou não, recebera um suborno de um contrabandista de armas, que também era pai-de-santo, e dizem as más línguas que ele mandou entregar um pedaço de picanha na casa do agente. Mas antes pregou uma maldição tão forte que o matou, vingando-se dos anos que foi subornado, quando perdeu a liberdade.

Dentro da cela de Juliano estavam em festa. Há tempos que não comiam tão bem, e torciam para que Juliano permanecesse com eles por um bom tempo.

– Não sabia que tem advogado que faz isso! O nosso defensor é um sujeito fino – disse Juliano ao ouvir as histórias sobre Clóvis.

– Pois é, existe os chamados 'porta de cadeia', mas o Clóvis se supera na sacanagem e incompetência. Não sei como caiu nessa, Everton?

– Nem me fala nesse filho da puta, assim que botar os pés fora daqui ele vai ser um homem morto.

– Quem é o seu advogado, Juliano? – perguntou um outro preso.

– O Dr. Heitor Romano.

– Ah bom, mas ele só defende gente rica.

– Ele é um sujeito simples, garanto que iam gostar dele.

– De que adianta eu gostar dele, se não posso pagar.

– Desta vez, ele está fora do país, e quem vai me defender até o seu retorno, é o braço direito dele, deixa eu me lembrar o nome... Dr. Matheus Britto se chama.

– Que nome você falou? – gritou Everton surpreendido.

– Dr. Matheus Britto.

– Que idade ele tem?

– É um sujeito novo, deve ter menos de 30 anos. Segundo me informaram, dizem que é competente!

"Faz muitos anos que não o vejo. Será que vai lembrar de mim? Será que vai me ajudar? Se ao menos tivesse minha casa, para ele valeria a pena pagar", pensou. Everton começou a refletir sobre a infância, rememorou a maneira como era tratado na casa de Matheus, foi o mais próximo que teve de uma família. Entristeceu ao lembrar do dia que foram embora. A partir de então, nunca mais recebeu carinho por parte de alguém.

– Juliano, preciso de um favor teu. Pode me ajudar?

– Será um prazer, meu caro.

Juliano era um preguiçoso, mas nunca perdera a educação. Com problemas de alcoolismo, não passava de um playboy que veio ao mundo a passeio. Não fazia mal a ninguém, mas também não fazia nada de produtivo ao redor de si.

– O teu advogado é meu amigo de infância, era meu vizinho. Faz anos que não o vejo. Por acaso, poderia avisar que preciso falar com ele com urgência?

– Sem problemas, ele deve vir amanhã me visitar, daí já passo o recado.

No outro dia, mal o sol nasceu e um agente penitenciário avisou Juliano que uma ordem de soltura chegou por fax de Porto Alegre. Ao que indicava, o advogado conseguira, através de um Habeas Corpus do Tribunal de Justiça, em Porto Alegre. Para a tristeza dos presos que nunca se alimentaram tão bem, mas principalmente do agente penitenciário corrupto que já contava com mais dinheiro do suborno, Juliano deixou a casa prisional.

– Droga, isso significa que o Matheus não virá falar contigo!

– Calma, tem a minha palavra que avisarei ele. Melhor ainda, vou pagar a consulta para ele vir falar contigo.

– Faria isso mesmo por mim?

– Considere feito – e se despediram com um aperto de mão.

Everton esqueceu o que era um ato de bondade ou gentileza, e surpreendido ao ouvir as palavras de Juliano, precisou conter as lágrimas. Sabia que chorar na frente dos presos era um sinal de fraqueza que logo seria usado contra ele. Vivia aprisionado em um mundo cercado de violência onde qualquer sinal de fragilidade poderia ser fatal.

– Que merda o colega ter saído, nunca comi tão bem na minha vida – falou Zé Feijão. – Bota sujeito gente fina nisso.

– Verdade, o boca aberta me falou onde mora e também me confessou que sua mãe tinha um cofre na casa. Ia planejar um assalto, mas ele é tão gente fina que desisti – respondeu outro.

– Você desistiu, mas eu não. Ninguém se mete, logo o meu pessoal que está na rua vai fazer a limpa! – respondeu o líder, e todos silenciaram.

"A cadeia não é lugar para playboys. O rapaz saiu achando que fez amigos de verdade por aqui, só que isso não existe", pensou Everton.

No final da tarde, um agente penitenciário gritou: "Everton, visita pra ti, teu advogado".

A passos largos e apressados, Everton foi até a sala destinada para atendimentos, sentou e esperou alguns minutos. O preso ficava separado do advogado através de um vidro que continha furos para o som passar e poderem conversar. Quando a porta foi aberta e enxergou um homem vestido de terno e gravata, custou a reconhecê-lo:

– Matheus, é você?

– Lembra o que é isso? – respondeu com uma pergunta.

– Não, mas parece ser a imagem da mãe de Jesus Cristo.

– Tem certeza que não lembra? Faz um esforço.

– Desculpa, mas não recordo.

– Ainda carrego comigo, quando nos despedimos, você me deu esse chaveiro com a imagem da Virgem Maria de presente. Nunca esqueci de ti, meu velho amigo. Não vim antes pois não imaginava que estivesse por aqui.

As palavras de Matheus o atingiram em cheio. Vendo que estavam a sós, e não precisava conter as lágrimas, começou a chorar. Parecia até que as gotas de água que saiam dos seus olhos limpavam ao menos um pouco da extrema infelicidade que tinha dentro de si.

Passaram cerca de cinco minutos para que Everton conseguisse falar. Paciente, Matheus observava a reação do amigo com um aperto no coração.

– Por favor, preciso muito da tua ajuda. Pode me defender?

– Sou teu amigo, quero que nunca esqueça isso! Saiba que o Juliano me pagou para vir aqui, mas quando ele me falou todo o seu nome, devolvi o valor da consulta!

– Isso era outra coisa que gostaria de falar! O Clóvis levou a minha casa e todo o dinheiro que eu tinha. Não consigo te pagar agora, mas dou um jeito de pagar teus honorários quando estiver em liberdade.

Ao ouvir aquelas palavras, lembrou exatamente da promessa que fez a seu pai vinte anos atrás: "Primeiro, nunca faça algo que violente tua dignidade. Segundo, que, na medida do teu alcance, ajude o Everton no futuro, pois certamente ele terá uma vida difícil com a criação que está recebendo".

Impressionou-se com a sabedoria do homem que lhe gerou a vida. Mesmo sem estudos fez uma leitura quase perfeita em relação ao futuro de uma criança, que na época tinha somente 6 anos de idade. Na medida que sentia pena do amigo, sentiu também orgulho e gratidão por ter pais tão amorosos e comprometidos. Antes de responder, pensou se não violentaria sua dignidade defendendo um homem que matou a própria mãe, e pensou: "E se não for ele?". Decidiu cumprir o que prometera ao pai duas décadas atrás.

– Meu caro, por favor, não me fale em dinheiro. Estou aqui para te ajudar.

– Quando ler o processo, irá pensar que fui eu que matei a minha mãe. Mas te juro, em nome da nossa amizade, que não fui eu!

Matheus Britto começou a observá-lo com mais atenção. Era difícil acreditar que tinham a mesma idade. Ele parecia, no mínimo, dez anos mais velho, reflexo de uma vida desregrada, com excesso de álcool e drogas. Notou que ele se envergonhava ao mostrar os dentes, não só pela cor caramelizada, por fumar mais de dois maços por dia, mas também pela falta de dois dentes que o impediam de sorrir na frente dos outros.

– Quero que olhe bem nos meus olhos e preste atenção no que vou te falar – disse o advogado.

Surpreso, Everton fixou o olhar no amigo, quando um silêncio reinou em absoluto no pequeno e fétido parlatório, o advogado falou:

– Imagina agora que está em uma cama de hospital para ser operado, e sou o médico responsável pela cirurgia. Você está com um problema grave, e preciso saber qual é. Consegue entender?

– Sim, acho que consigo – respondeu, intrigado.

– Não tenho tempo de fazer exames preliminares, você está à beira da morte. Está com uma dor terrível, que vai acabar te matando se eu não agir rápido, e você e mais ninguém precisa me falar onde está o problema.

O advogado deu uma pausa e continuou observando Everton, que parecia imaginar de fato a situação.

– Então, você me mente que a dor é no coração, e eu acabo te operando, mas na verdade a tua dor era no estômago. Mesmo sabendo que a tua mentira prejudicaria a operação, você me mente por causa de uma questão pessoal estritamente tua. Te pergunto, o que vai acontecer?

– Acho que morreria.

– Correto! Estamos diante de um problema parecido, só que lá você morre, aqui apodrece por anos nessa cadeia. Portanto, não posso ser pego de surpresa e preciso saber a verdade, que logicamente ficaria somente entre nós dois. Você matou a Juliette?

– Juro que não! – respondeu olhando nos olhos de Matheus, que acreditou na versão.

– Outra coisa, o que aconteceu com o seu Jeferson?

– Ele morreu anos atrás, quando fugia da polícia e o carro se desgovernou. Nem pude vê-lo, ou melhor, o que sobrou dele, seu corpo foi carbonizado com o acidente.

– Lamento muito. Recordo que tinha irmãos por parte de pai. Tem contato com eles?

– Faz muitos anos que não os vejo. Aliás, não vejo parentes há muito tempo, perdi totalmente o contato.

– Casou, tem filhos ou uma namorada?

– Não, tinha um lance com uma mulher, mas depois que fui preso não soube mais notícias. Já deve ter arrumado outro.

Matheus Britto ficou imaginando que espécie de vida ele teve. Recordou quando eram colegas e, muito embora seus pais estivessem mortos, sentiu uma ponta de raiva de ambos, e se pôs a pensar como seria sua vida caso fosse filho de Jeferson e Juliette. Conversaram por mais de uma hora, e Everton lhe contou os detalhes da noite em que sua mãe morreu, exceto a participação que teve no latrocínio, teve medo que ele recusasse a causa se soubesse que matou um trabalhador por causa de dinheiro. Ao se despedir, finalizou a conversa:

– Não vim mais cedo hoje porque assaltaram a casa do Juliano. Eu avisei a ele que ficasse de boca calada em relação ao patrimônio da família. Obvio que falou demais aqui dentro, e não deu outra!

Everton teve vontade de dizer o que ouvira, mas sabia que caguetas pagavam com a própria vida e resolveu ficar em silêncio. No entanto, concluiu que o aspecto engravatado, de bom moço de Matheus não o transformou em uma figura inocente, pelo contrário. "Esse sim é um criminalista de respeito. Quem apostaria nisso?", perguntou a si mesmo ao relembrar de sua origem simples.

Impressionado com a conversa que teve, e principalmente com a previsão certeira do seu pai, retornou ao escritório. Para a sua surpresa, Dr. Heitor Romano acabara de chegar:

– Chefe, que prazer revê-lo! Como está o Leonel?

– Acredito que por uma intervenção divina está vivo! Acabamos de pousar no aeroporto da base aérea aqui de Santa Maria. Tivemos que fretar um avião privado. Queriam trazê-lo em uma ambulância ou em um voo comercial, com escala em Buenos Aires. Vê se tem fundamento!

– Mas ele está recuperado?

– Vai ficar uns dias no hospital, mas está a salvo!

Nesse momento, Humberto apareceu emocionado, com uma garrafa de champanhe e taças.

– Temos que comemorar! Graças a Deus está tudo bem! – falou, abrindo a garrafa e derramando espuma para todos os lados.

O aspecto de Heitor Romano era de cansado.Aliás, em todos esses anos nunca virá o chefe com o semblante tão desanimado.

– Posso confessar algo para vocês?

– Claro – responderam os dois ao mesmo tempo.

– Por um momento quase perdi a fé na raça humana.

– Mas por quê? – questionou Humberto.

– O Leonel quase morreu, e o que vi foram alguns profissionais da saúde, nem todos claro, só pensando em dinheiro. Chegaram a mentir que não tinha um tal de titânio para operá-lo. Mas depois me pediram dinheiro, e do nada apareceu. Um dia a mais ele poderia ter morrido.

– Me diz quem fez isso, só te imploro pelo nome. Daí, vou fazer esse filha da puta comer esse tal de titânio – falou Humberto com os olhos repletos de raiva.

– Esquece, cada um faz as suas escolhas, e tem a vida guiada por elas. Por isso, é necessário ter fé em algo maior. Tem pessoas que vão dizer que é bobagem, porém nos momentos de crise e agonia, é a fé que nos faz seguir adiante. Confesso que nunca rezei tanto em minha vida, mas no fim deu tudo certo. E, por aqui, como foram?

– O Matheus trabalhou mais que burro de carga! – interveio Humberto.

Por um bom tempo, mostraram o relatório de trabalho dos dias que Heitor esteve fora, que ele se impressionou com o desempenho de Matheus.

– Você merece um aumento, que acha da ideia?

– Na verdade, tem outra coisa que gostaria de falar, nem deu tempo de contar para o Humberto. Estive no presídio agora. O meu amigo de infância foi preso, o acusaram de matar a mãe, mas por algum motivo que não sei explicar, acredito que é inocente. Ele não tem condições de pagar, gostaria de defendê-lo sem custos. O senhor permite?

– Ele era teu amigo mesmo, ou apenas ficou com pena? – questionou Heitor, sabendo da bondade do advogado que considerava como um filho.

– Nos criamos juntos até eu me mudar. Infelizmente, teve os piores tipos de pais que já vi, e acredito que entrou no submundo do crime por falta de opção. Na verdade, seguiu o exemplo do que via em casa.

– Então, claro que pode.

– Muito obrigado, doutor.

– Já ia esquecendo! O Humberto vai ter que superar o medo das turbulências do avião! Prometi que se o Leonel sobrevivesse, nós três iriamos a Jerusalém, em Israel, e rezaríamos juntos no Santo Sepulcro.

– Tá loco, chefe. A última vez que voltamos da Europa tive que trocar de cuecas duas vezes no avião. Mas promessa é dívida.

E riram por minutos sem parar. E até a expressão cansada de Heitor Romano o abandonou.

O mais rápido que pôde, Matheus Britto conseguiu cópia integral do processo, e também já foi intimado para apresentar as Alegações Finais. Leu com calma todos os depoimentos e laudos periciais, bem como o relatório de indiciamento do delegado de polícia. Ao acabar de ler, teve a notória impressão de que Everton era culpado. "Sempre analise as provas por mais de uma vez, e de preferência de um intervalo de, no mínimo, dois dias. Isso serve para clarear as ideias", relembrou do conselho de Dr. Heitor e o seguiu. Deixou o tempo passar e as ideias tomarem o devido lugar. Leu todo o processo por mais duas vezes, e concluiu: "Tem algo errado aqui, mas preciso de alguns meses para provar".

Precisava entregar os autos com as Alegações. Sabia que, independente do que escrevesse, o magistrado iria pronunciar Everton para ser julgado pelo Tribunal do Júri. Por se tratar de um caso de homicídio, o juiz não poderia simplesmente condená-lo, o máximo que poderia fazer era mandá-lo ao Júri Popular, de acordo com a denúncia oferecida pelo Ministério Público, com as duas qualificadoras. Sabia que o magistrado julgaria em no máximo duas semanas, por isso traçou uma estratégia com os recursos cabíveis e previstos no Código de Processo Penal. Calculou que conseguiria um prazo razoável de pelo menos 6 meses, e precisaria dar um jeito de colocar sua tese em prática nesse período. Sabia que não era uma tarefa fácil.

As semanas foram passando no segundo semestre de 1994. O Plano Real surtia efeito e, finalmente, a inflação era controlada. Com o sucesso na economia, no dia 3 de outubro Fernando Henrique Cardoso derrotou, no primeiro turno, o candidato Luiz Inácio Lula da Silva, elegendo-se Presidente da República. Dr. Heitor Romano via as imagens encantando-se com as glórias do vencedor. Por inúmeras vezes o convidaram para entrar na política. Assim como Fernando Henrique, o advogado era um homem culto, que falava três línguas e conhecia diversos lugares do planeta. Mas ele sabia que a vida na política não era só de glórias.Pelo contrário, pouco mais de um mês depois, ao saber da notícia que o ex–presidente dos Estados Unidos Ronald Reagan sofria da doença de Alzheimer, decidiu em definitivo tomar um rumo diferente para sua vida. Assim como Matheus precisava de alguns meses para comprovar que sua ideia não era uma aberração jurídica, Heitor necessitava de algum tempo para traçar seu novo destino.

No fim do semestre, Dr. Henrique Dias encontrou-se com Heitor em uma confraternização da universidade. Os dois eram colegas e dividiam as matérias de Direito Penal e Processo Penal. Estavam longe se ser amigos íntimos, porém um respeitava o trabalho do outro. Após conversarem algumas amenidades, o promotor entrou direto no assunto:

– Vi que o teu pupilo pegou para defender o acusado que matou a mãe. Confesso que não entendi, pois o acusado não tem o perfil dos teus clientes.

– Pois é, Dr. Henrique. Lógico que está atuando sem cobrar honorários.

– Até porque ele não teria mais dinheiro, ao que parece o salafrário do Clóvis pegou a casa do acusado e o pouco dinheiro que ele tinha.

– Mesmo que ele tivesse dinheiro, o Matheus não cobraria.

– Pode me explicar o motivo?

– Sim, eles são velhos amigos.

– Como assim? O Dr. Matheus é um homem educado, não entendo o motivo de ser amigo de um traste como o Everton.

– Deixa eu explicar melhor, então. Deve saber que a família do Matheus tem origem muito simples...

– Sim, inclusive lembro que os pais dele são teus funcionários na chácara.

– Pois bem, antes de se mudarem para a chácara, ele e o Everton eram vizinhos, foram colegas no jardim de infância. Depois perderam o contato, até ele, por coincidência, saber sobre esse fato.

– Entendo, mas qual é a ideia dele? – arriscou o promotor, achando realmente que Heitor entregaria as intenções do advogado que ele amava como um filho.

– Fica entre nós?

– Lógico que sim.

– Ele está com muita pena desse Everton. Ficou muito indignado ao saber que o 'porta de cadeia' do Clóvis tomou sua única casa mentindo que o soltaria. Então, quer apenas uma pena justa para ele, e o mais importante, quer mostrar que não esqueceu sua origem humilde.

– Entendi, isso é importante. Recordo dele nas salas de aula, sempre foi um ótimo aluno – disse, tentando esconder a alegria em ouvir aquelas palavras.

No entanto, Heitor Romano se deu conta que, muito embora Matheus fosse mais novo e com menos experiência, e as provas do processo pendessem para a acusação; ele poderia levar uma vantagem nesse processo: enquanto era o caso de sua vida, para Dr. Henrique era apenas mais um, além do que teria um outro benefício a seu favor, o promotor mostrava-se confiante demais.

Capítulo VIII

O julgamento

O julgamento do tribunal do Júri foi marcado para o dia 25 de março de 1995. Matheus Britto fez uso de dois recursos e conseguiu, bem como previa, arrastar a data para um pouco mais de seis meses desde que foi contratado. Tempo quase suficiente para se munir de outras provas. Enquanto o camburão destinado a carregar os detentos do presídio até o Fórum transportava Everton algemado; no hemisfério norte, o famoso boxeador Mike Tyson deixava o cárcere, depois de permanecer preso por 3 anos, por conta de um crime de estupro. Em Santa Maria, falava-se muito mais na liberdade do pugilista que residia há milhares de quilômetros, do que o julgamento de um homem da própria cidade acusado de matar a mãe.

Uma semana antes, Matheus Britto reuniu-se com Heitor e Humberto:

– Tem certeza que consegue atuar sozinho? – perguntou o experiente defensor.

Heitor Romano preocupava-se com o julgamento. Muito embora Matheus já tivesse atuado em outros julgamentos no Júri, seria a primeira vez que sentaria sozinho no plenário.

– Tenho, sim. Lógico que seria mais cômodo se o senhor estivesse junto, porém esse é um compromisso meu. Quando menino, dei a palavra que ajudaria o Everton – respondeu, contando a história do acidente de ônibus e o que se passou, até a promessa que fez a seu pai.

Admirados com o poder da palavra de Matheus, não restou alternativa senão concordar, e escutaram um único pedido:

– Tenho uma ideia, e vou precisar que me ajudem nos bastidores. Pode ser?

– Considere feito – responderam os dois.

O promotor de justiça, convicto com a condenação, não arrolou testemunhas para serem ouvidas no plenário, juntando apenas alguns documentos científicos sobre o exame genético e pareceres de cientistas, os quais detalhavam a precisão dessa prova. Do contrário, Matheus Britto arrolou cinco testemunhas e juntou mais de cem documentos, a maioria deles de doutrinadores que explicavam as qualificadoras em questão.

O julgamento começaria às 9 horas. Um pequeno público, na maioria estudantes de direito, sentaram nas primeiras filas, deixando o restante do plenário vazio. Dias atrás, outro Júri lotou o plenário. Tratava-se de um caso em que a esposa matou o marido, mas a diferença de público, certamente se dava porque nesse caso os envolvidos eram pessoas ricas e conhecidas na cidade; diferente da falecida Juliette e Everton, que não passavam de meros desconhecidos.

Por quase trinta minutos, acusação e defesa escolheram os sete jurados, cada um recusou três dos sorteados pelo magistrado. O Júri foi composto por quatro mulheres e três homens. "Aos olhos leigos, comecei perdendo, muito embora a vítima seja mulher, não posso esquecer que elas possuem mais sensibilidade de descobrirem a verdade", pensou Matheus.

O promotor de justiça, vestindo um terno escuro com uma camisa branca e gravata vermelha, esbanjava simpatia e confiança; do outro lado, Matheus, escondendo o nervosismo, trajava um terno italiano também escuro, com camisa branca e uma gravata de seda azul, que ganhou do chefe justamente para usar neste dia.

– Declaro aberta a sessão do Júri, onde Everton Torrani será julgado por homicídio duplamente qualificado contra a vítima Juliette, sua mãe – disse o magistrado em voz alta.

Os estudantes, que não sabiam detalhes do processo, surpreenderam-se com o fato de a vítima ser ninguém menos do que a mãe do acusado. Logo a notícia se espalhou e o plenário foi aos poucos enchendo.

O primeiro a prestar depoimento seria o acusado. No entanto, já avisara o promotor e o juiz que ele não prestaria declarações, e ambos concordaram passando a ouvir a primeira testemunha:

– Chame a Sra. Maria Varella.

– Sim, Excelência – respondeu o escrivão.

"Inicie a atuação de forma simples e humilde, faça parecer que a testemunha não vai ajudar em quase nada e pegue a acusação de surpresa com uma dúvida razoável", lembrou Matheus sobre o conselho do chefe.

– A senhora tem algum parentesco, amizade íntima ou inimizade com alguém relacionado a esse processo?

– Não, senhor. Era apenas vizinha do Everton e da falecida.

– Por acaso, não tomavam chimarrão juntos ou frequentavam a casa um do outro?

– Tive apenas uma vez na casa deles, porque emprestei umas velas, me recordo que a companhia de energia cortou a luz por falta de pagamento.

– Diante disso, será ouvida na condição de testemunha e caso falte com a verdade será processada pelo crime de falso testemunho. O que a senhora sabe sobre esse crime?

– Olha, Seu Juiz, no dia eu estava na cidade de São Sepé, portanto, não presenciei nada.

– Sendo assim, e por ter sido arrolada pela defesa, passo a palavra primeiro ao Dr. Matheus.

Sra. Maria Varella cumprimentou o advogado Matheus:

– Bom dia, prazer em revê-lo, filho. Não o via desde que se mudou, e isso já deve fazer uns bons anos – falou sorridente, e olhando para o juiz complementou: – Olha, seu Juiz, ele sempre foi um bom garoto – afirmou, e quase arrancou risos do magistrado, que precisou se conter.

– Na verdade, pouco mais de 15 anos, o prazer em revê-la é todo meu. Posso lhe fazer algumas perguntas?

– Claro, estou aqui para colaborar.

– Como era o Everton na infância?

– Era um encanto, na verdade lembro de vocês dois indo ao colégio, lembro também que nos dias de chuva quem os buscava eram os seus pais. Deus que me perdoe falar de gente morta, mas a mãe dele preferia tomar um litro de cachaça do que ir buscar o filho na escola, tanto é que depois que a sua família se mudou, ele parou de frequentar a escola.

– Falando nisso, como era a pessoa da Juliette?

– Nunca, em toda a minha vida, presenciei uma mãe tão desalmada. Os vizinhos se revoltaram quando ela abandonou o filho com aquele traficante, o tal de Tião, elemento mais asqueroso impossível, tanto que foi morto, e só por isso a Juliette voltou.

– Outra coisa, lembra como era o casamento do falecido pai do Everton com a Juliette?

– Olha, filho, morava ao lado da casa deles. Anos atrás eu tinha um cachorro e um gato, os dois animais se odiavam, mas afirmo dizer que o casal se odiava ainda mais do que os meus animais de estimação. Estavam sempre a ponto de se matarem!

– E foi nesse ambiente que o acusado se criou?

– Sim, ele teve seus erros, mas também quem não teria sendo criado daquela maneira.

– Por fim, recorda se o Everton tinha irmãos por parte de pai?

– Tinha, entretanto, eles deixaram de frequentar a casa por causa das maldades da Juliette. Pelo que lembro, o Everton era bem pequeno quando isso aconteceu.

– Muito obrigado, estou satisfeito.

"Então descobri o que o Matheus pretende. Jogada inteligente. Ele tem certeza que não consegue absolver o amigo, por isso vai trabalhar com a prova de que a falecida era uma megera e tentará reduzir a pena com a tese do homicídio privilegiado, por violenta emoção e eventual injusta provocação. Vai tentar, mas não vai levar", pensou o fiscal da lei.

– Passo a palavra ao promotor de justiça.

– Por acaso, a senhora sabe os erros que o Everton cometeu?

– Sei que ele foi preso diversas vezes, mas desconheço os detalhes, até porque, como falei no início, não era amigo íntimo da família, apenas vizinha.

– Então, detalhes de como a Juliette era como mãe a senhora não sabe.

– O que sei era o que via, muitas vezes ela ficava bebendo na esquina e o pobrezinho sem comida em casa ou perambulando pela rua. Daí eu tinha dó, e lhe alcançava algo para comer. Ninguém merece passar fome, muito menos uma criança.

Vendo que outras perguntas poderiam revelar ainda mais o perfil da vítima, resolveu desistir de outros questionamentos.

A próxima testemunha era o médico legista, um profissional sério e respeitado na comunidade. Semanas antes, Dr. Heitor Romano criou uma situação para encontrá-lo, e dentre outras coisas, falou sobre o caso. Por ser um advogado de princípios, perguntou se não se importaria de ser arrolado como testemunha no plenário do Júri. Com o assentimento do médico, pediu apenas que ele estudasse os detalhes dos exames de corpo de delito.

– Bom dia, doutor – disse o magistrado em tom respeitoso.

– Bom dia, Excelência.

– Todo o seu nome e profissão.

– Fernando Schirmer, sou médico, formado há 30 anos na Universidade Federal de Santa Maria.

Depois de compromissá-lo, perguntou qual foi a causa da morte, que respondeu terem sido golpes de faca produzidas pelo agressor, e passou a palavra à defesa, que foi quem o arrolou.

– Primeiro peço escusas por estar aqui. Sei que és um médico com muitos compromissos, por isso serei o mais breve possível.

– Sem problemas, Dr. Matheus, mas muito obrigado pela deferência.

– Pois bem, o senhor examinou o corpo da vítima, correto?

– Sim, examinei.

– Recorda como estavam as mãos dela?

– Certamente, ele vai lembrar das facadas que o teu cliente desferiu contra uma mulher indefesa. – interrompeu o promotor.

– Excelência, por favor, sou eu que estou com a palavra. O Dr. Henrique terá a oportunidade de perguntar, não entendo o motivo do nervosismo.

– Eu não estou nervoso, pelo contrário...

– Chega, Dr. Henrique, a defesa está com a palavra – interrompeu o magistrado.

– Obrigado, vou refazer a pergunta por causa do inconveniente. Como estavam as mãos da vítima? Ela tinha sinais de quem se defendeu?

– Olha, Dr. Matheus, confesso que faço muitos exames, por isso, quando fui intimado para prestar depoimento, peguei os laudos para me recordar melhor. De fato, a falecida tinha inúmeras marcas nas mãos, certamente provocadas pela autodefesa. Inclusive, isso eu lembro bem, eu retirei debaixo das unhas dela, pedaços de carne, certamente porque arranhou o agressor. Posso afirmar que não foram pequenos arranhões por conta da quantidade de carne que tinha, principalmente em suas unhas da mão direita.

– O senhor retirou esses pedaços de carne para realizar o exame de DNA?

"O que ele está aprontando?", pensou o promotor de justiça apreensivo.

– Sim, para isso mesmo.

– Soube que o resultado do exame foi compatível com o DNA do acusado?

– Sim, a resposta veio um tempo depois. Pedimos pressa ao Instituto Médico Legal, acredito que foi um dos primeiros exames de DNA em nossa cidade.

– Esse é um assunto novo, confesso que estudei bastante para compreender. Por isso, te faço o seguinte questionamento: O DNA é compatível com o do Everton, mas isso não significa dizer que era do Everton, podendo ser também compatível com um parente próximo, como o de um irmão, por exemplo?

– Nisso o senhor tem razão, nada impede, por exemplo, que seja compatível com o de um parente próximo, um irmão, o próprio pai, etc.

– Era só o que faltava! Daqui a pouco vão ressuscitar o pai do acusado.

– Calma, Dr. Henrique! Quem está afirmando isso é o senhor. Posso prosseguir, Excelência?

– Sim, está com a palavra. Sem mais intervenções pelo ministério público, que terá o seu momento.

– Posso afirmar então que o agressor saiu com diversas lesões, correto?

– Sem dúvida, não só pelos arranhões, a perícia verificou também que a vítima desferiu diversos socos antes de morrer.

– Pelo que sei, o senhor é um médico legista com três décadas de experiência, correto?

– Sim, Dr. Matheus, desde que comecei a cursar medicina me interessei por essa área.

– Indo para o encerramento, creio que essa é a pergunta mais importante que vou te fazer: O senhor também examinou o acusado, logo após o fato. Te pergunto se ele apresentava alguma lesão.

– Disso eu lembro bem. A polícia levou a falecida, e ao notar as lesões de autodefesa dela, conclui que o agressor também teria inúmeras lesões, entretanto ao avistar o acusado me surpreendi...

– Por que o senhor, com esta vasta experiência se surpreendeu? – interrompeu o defensor para dar mais ênfase ao que imaginava que seria resposta.

– Justamente porque o Everton não apresentava nenhuma lesão, nem mesmo nas mãos, até porque a Juliette também apresentava lesões provenientes, digamos assim em um português mais simples: ela levou pancadas, provavelmente desferidas por socos.

– Nada mais, estou satisfeito – disse Matheus.

Pela primeira vez, a expressão de confiança do promotor de justiça sumiu, suas bochechas avermelharam-se de raiva. Continuava acreditando piamente que Everton era o culpado pela morte de Juliette, e não mediria esforços para convencer os sete jurados sobre isso.

– Bom dia, Dr. Fernando – disse o promotor.

– Bom dia – respondeu, desconfiado.

– O senhor pode afirmar que não foi o Everton que matou a própria mãe?

– Olha, doutor, eu não presenciei o crime, fiz apenas os exames. O que afirmei foi que o acusado não apresentava nenhuma lesão e a vítima tentou se defender provocando lesões no agressor.

– Essas lesões poderiam ter sido provocadas em outra pessoa?

– Somente se foi instante antes dela morrer. Mas, pelo que lembro, um dos policiais me disse que foram até a casa porque ocorria uma briga no local em que ela foi morta.

"E agora, que desgraça!", pensou o promotor e resolveu mudar o foco.

– A causa da morte foram as três facadas que a vítima levou?

– Sim, foram as facadas.

– Esses golpes causaram um intenso sofrimento a essa pobre mulher?

– Sem dúvida, doutor. Certamente ela teve muita dor antes de perder a vida.

– Estou satisfeito. Nenhum outro questionamento.

Matheus Britto segurou sua vontade de enfrentar o promotor, e perguntar porque só fez esses questionamentos sem relevância, pois demonstrou que o seu único objetivo era tumultuar as perguntas da defesa e impedir o médico legista de falar a verdade: "Nunca, jamais deixe o ímpeto da raiva te dominar no Júri. É imprescindível manter a calma e demonstrar humildade para os jurados, criando assim empatia com quem vai julgar a causa", lembrou do conselho de Dr. Heitor e permaneceu em silêncio.

Na semana seguinte, depois de assumir o caso, Matheus reuniu-se com Humberto e lhe pediu que descobrisse detalhes do caso: "Quero a verdade meu amigo, por mais dura que ela possa ser, porém estou convicto de que Everton é inocente", e explicou os detalhes. Durante seis meses Humberto percorreu vilarejos, conversou com antigos informantes da polícia, indagou praticamente todos os vizinhos de onde o fato aconteceu. Aos poucos, obteve informações relevantes, e aprofundou-se nelas. Era um brincalhão, as pessoas gostavam e confiavam nele, aproximava-se contando uma piada e logo o consideravam um amigo e falavam o que sabiam. Além disso, possuía um faro extraordinário para a investigação. Dias antes do julgamento, entregou uma série de documentos a Matheus e conversaram:

– Creio que estamos prontos. Olha o que consegui.

– Excelente! Muito bom trabalho, você é mesmo o cara!

– Entretanto, temos um pequeno problema.

– Qual é? – questionou.

– Encontrei a nossa principal testemunha, só que ela está escondida na beira de um rio, lá para os lados de São Borja, bem próximo da fronteira da Argentina. Fica ruim ir sozinho até lá, o lugar é inóspito.

– Pensou em algo?

– Seria providencial eu levar aquele policial maluco, o Juarez. Ele tem coragem, é honesto e sabe manter sigilo. Duvido que ele se negue caso o Dr. Heitor peça a ele.

– Eu falo com o Dr. Heitor.

– Ótimo, combinado. Vamos à luta!

Enquanto o promotor ainda pensava no golpe que levara, o magistrado chamou a terceira testemunha:

– Todo o seu nome e profissão.

– Adão Nascimento, sou pedreiro.

– Tem algum parentesco, amizade íntima ou inimizade com as partes nesse processo?

– Não, senhor.

– Será ouvido na condição de testemunha e deve falar a verdade.

– O que o senhor sabe sobre esses fatos?

– Eu sou vizinho, na verdade era, pois hoje quem mora na casa é um advogado bebum.

A expressão de desprezo do Magistrado era visível. Discreto, não falava o que pensava, porém era visível o sentimento que nutria por Clóvis.

– O que mais sabe?

– Eu moro bem em frente à casa. Olha, doutor, eu estou aqui, pois fui intimado e o oficial de justiça disse que eu deveria vir para não me incomodar.

– O senhor não pode se omitir, até porque responderá por crime de falso testemunho.

– Então, não me resta alternativa.

– Diga o que sabe, não me faça perder a paciência.

– Naquela noite, eu não liguei para a polícia porque não tenho telefone em casa. Não fui até o orelhão, que tem na esquina, pois seria visto, e a última coisa que pretendo na vida é me incomodar nessa idade.

– Por que chamaria a polícia?

– Por causa dos gritos na casa da Juliette. Como disse, eu moro na frente e dava para ouvir, parecia que os dois iam se matar. A briga foi feia, claro, ela morreu.

– O senhor disse os dois, a quem se refere?

– A Juliette e o velho mascarado!

– Velho mascarado! Está de brincadeira! Isso aqui é algo sério – interveio o promotor.

– Eu estou com a palavra. Não vou admitir intervenção enquanto estiver perguntando – falou o magistrado em tom rude.

– Me explique melhor, e saiba que caso minta, responderá pelo crime de falso testemunho.

– Sim. Olha, doutor, eu não estou aqui para defender o Everton, te falo porque sequer gosto dele, mas já que me chamaram, vou falar o que vi.

– E o que foi que o senhor viu?

– Um homem, certamente um velho pela maneira que caminhava, arrombou a porta. Ele usava uma máscara, tipo touca ninja e já começaram os gritos. Depois ele saiu, isso eu vi com clareza, pois fiquei espiando da báscula da minha janela. Logo depois chegou o Everton e em seguida a polícia. Foi isso que eu vi, somente isso.

– Passo a palavra à defesa.

– Por que razão você não foi chamado na delegacia?

– Olha, doutor, como eu lhe disse, eu não queria me envolver nisso. Fiquei bem trancado em casa e apaguei a luz quando a polícia chegou. No fim, um policial aposentado perguntou a todos os vizinhos se sabiam de algo, e eu dei com a língua nos dentes.

– Explica, o que significa dar com a língua nos dentes?

– Falei demais, mas falei a verdade, se tivesse ficado quieto não estaria aqui agora, e sim trabalhando para sustentar meus filhos.

– Na época, a polícia chegou a passar na vizinhança em busca de informações?

– Na minha casa, não. E ninguém me falou nada sobre isso, e olha que os vizinhos gostam de uma fofoca!

– Nada mais, estou satisfeito.

– Passo a palavra ao Ministério Público.

– Pode me dizer quem é esse policial aposentado, e por que motivo ele foi lá?

– O nome dele é Humberto, sujeito legal, muito educado e engraçado também.

– Tá, mas por que ele te procurou?

– Ah, sim, ele falou que trabalha no escritório do Dr. Matheus, inclusive ele está sentado ali na plateia – disse, apontando para ele, que fez um gesto de continência.

– E o que ele te ofereceu para vir depor?

– Protesto, Excelência! Que falta de respeito com um homem que serviu a comunidade por 30 anos, e agora nos honra com seu trabalho e competência. – exclamou Matheus.

– Pode responder à pergunta – decidiu o juiz.

– Ele não me ofereceu nada, falou apenas que eu receberia uma intimação e deveria falar a verdade.

– E o advogado, por acaso já falou contigo?

– Sim, já falou...

– Aí é sacanagem, essa testemunha está contaminada, imagina se é eu que falo com uma testemunha antes do Júri! – disse, indignado, o promotor.

– Deixa eu explicar: eu já falei com o Matheus, sim, mas isso faz mais de 15 anos, fui lá abraçar ele e sua família quando foram embora. Eram excelentes vizinhos! Depois disso, a primeira vez que o vejo é aqui.

– Ao menos vai ter a hombridade de me pedir desculpas? – perguntou Matheus ao promotor, que o ignorou.

Sem perceber, Dr. Henrique Dias cometeu um equívoco que poderia decidir o resultado do Júri. Um dos jurados era irmão de maçonaria de Humberto, e conhecia o seu caráter. Foi visível sua indignação.

– O senhor disse que não queria se incomodar? Por acaso, já se incomodou aqui no Fórum?

– Sim, fui condenado anos atrás, cometi um furto.

– Nada mais, Excelência. Espero que os jurados não confiem em um ladrão!

– Não é o momento para os debates! – interveio Matheus.

– Depoimento encerrado – finalizou o magistrado, com a voz firme para evitar mais discussões entre acusação e defesa.

À medida que as testemunhas iam depondo, o plenário do Júri ia lotando e, aos poucos, a atuação firme do advogado espalhava-se pelos corredores do Fórum. “O advogado é bom demais. Também, foi treinado pelo Dr. Heitor Romano desde que começou o curso de Direito! Ele está tirando leite de pedra", afirmou um servidor antigo, e aguçou ainda mais a curiosidade das pessoas.

– Vamos fazer um intervalo para o café – disse o magistrado e pediu, de forma discreta, que o promotor e advogado fossem até sua sala.

O oficial de justiça Ruy Cezar fechou a porta, certificando-se de que ninguém estaria por perto, garantindo a privacidade.

– Os chamei aqui porque tenho muita estima pelos dois. Por favor, não vamos perder o respeito. Considero vocês pessoas de fino trato e não quero mudar esse conceito de ambos.

– Está bem, peço desculpas – admitiu o promotor. Não havia dúvidas que era um homem nobre.

– Sem problemas, professor. Desculpa aceita, saiba que tenho um carinho enorme pelo senhor mas, principalmente, quero que saiba que jamais pediria para uma testemunha mentir.

– Sei disso, acabei me passando – e trocaram um abraço. O problema foi superado.

Dr. Antônio Leoveral conhecia muito bem as leis, mas tinha uma sensibilidade incrível e sabia como poucos conduzir um julgamento.

Ao voltarem do intervalo, depararam-se com o plenário lotado e com pessoas esperando do lado de fora.

– Chame a penúltima testemunha.

A beleza da mulher fez muitos dos homens presentes respirarem fundo. "Vai vestida como uma dama de respeito", disse Humberto, dias antes do Júri, que silenciou ao ouvir a resposta: "Por acaso, esqueceu que sou uma dama!?". Ela chegou vestindo uma saia e um casaco azul escuro da Gucci, com sapato alto vermelho, causando suspiros na plateia.

– Todo o seu nome e profissão: – solicitou o magistrado, boquiaberto com a beleza da mulher.

– Angel Espíndola, sou empresária.

A famosa prostituta hesitou muito em concordar a se expor e dar um depoimento na presença do público, sabia que seu negócio necessitava de discrição. No entanto, cedeu por causa do pedido de Matheus Britto. Jamais esquecera que foi a responsável pela perda da virgindade do então estudante de Direito, que de vez em quando a visitava. Considerava-o um verdadeiro cavalheiro, e nos últimos anos, sempre que teve problemas jurídicos, era Matheus que a defendia sem cobrar honorários. Mesmo assim, fazia questão de pagar quando a procurava em busca dos prazeres do sexo.

– A senhora tem algum tipo de amizade ou inimizade com as pessoas envolvidas nesse processo?

– Sequer as conheço, Excelência.

– Presenciou ou sabe algo sobre esse crime?

– Não presenciei nada.

– Passo então a palavra a defesa.

– Bom dia, Angel.

– Bom dia, Dr. Matheus.

Algumas estudantes de Direito que estavam na plateia começavam a se interessar pelo jovem advogado, e até sentiram uma pitada de ciúmes da testemunha.

– Lembra do dia em que a seleção brasileira foi tetracampeã do mundo?

– Recordo, sim.

– A senhorita trabalhava em sua casa noturna nessa ocasião?

– Sim.

– Algo de estranho aconteceu, como, por exemplo, um homem tumultuando o local.

– Tivemos um contratempo, já era noite, as garotas desfilavam com a camisa da seleção brasileira no salão principal. Daí chegou um homem velho, era visível seu estado de embriaguez. Ele insistiu em dançar com uma das meninas, ela se negou e daí ele passou a mão na bunda dela. Logo o segurança foi retirá-lo do salão, mas notou que o bêbado sangrava nas costas. Não queríamos confusão, pedimos com toda a educação para ele ir embora, mas mesmo assim ele ficou se passando.

– E daí, o que mais aconteceu? – perguntou o advogado.

– Eu fui falar com ele, pedi que fosse embora e procurasse ajuda médica.

– Ele obedeceu?

– Não, ele me deu uma cuspida na cara. O segurança o empurrou. Lembro que a camisa dele rasgou ainda mais. Daí acabou tirando a camisa e desafiando o segurança para a briga. Só que ele era um velho, o segurança jovem e faixa preta de judô. Daí ele apenas o imobilizou, e quando eu disse que chamaria a polícia, ele se desesperou e disse que iria embora sem dar mais trabalho.

– Recorda se ele tinha lesões?

– Sim, parecia até que tinha brigado contra uma tropa de gatos, estava todo arranhado e com um hematoma no rosto.

– Ele tinha alguma tatuagem, por acaso, ou algo mais que te chamou a atenção?

– Já ia esquecendo, tinha uma tatuagem ridícula do super–homem no peito, nunca vi nada tão bizarro tatuado em alguém.

– Excelência, vou mostrar uma fotografia, que está no processo às folhas 350. Como pode ver, tem um homem sem camisa, com uma criança no colo. Por acaso, a tatuagem é essa?

– Sim, é exatamente a mesma tatuagem, mas parece um pouco mais desgastada. Por acaso, essa fotografia é antiga?

– Tem quase vinte anos. Satisfeito, Excelência. Muito obrigado pela colaboração, Angel.

– De nada, Dr. Matheus.

– Passo a palavra ao Ministério Público.

– Ele não disse nada em relação às lesões que apresentou? – perguntou o promotor.

– Não.

– Então poderia ser de uma briga qualquer, até por que ele parecia um encrenqueiro?

– Em relação a isso, nem imagino o que aconteceu.

– A senhora é proprietária de um bordel? – perguntou o promotor em tom ofensivo.

– Sou dona de uma boate, lá tem garotas, elas são livres para fazer o que bem entender.

– Responda à pergunta. A senhora é dona ou não de um bordel?

– Olha, Dr. Henrique, trata-se de uma casa de respeito, e se não fosse assim não seria tão bem frequentada, inclusive por pessoas que trabalham aqui.

O plenário do Júri ficou em completo silêncio, esperavam que ela começasse a dar nomes. O magistrado era um homem de família, que jamais traíra a esposa, mas sabia de algumas pessoas que, de fato, iam até o local, e para evitar maiores constrangimentos, determinou:

– Concentre-se em perguntas que importem para o processo, Dr. Henrique.

– Pode afirmar que foi esse homem misterioso, quem matou a vítima?

– Não posso afirmar, sequer o conhecia, muito menos a vítima ou o suspeito.

– Estou satisfeito.

– Excelência, tenho um requerimento a fazer – manifestou Matheus Britto.

– Sim, o que seria?

– Peço que ainda não libere a testemunha, pois pretendo fazer uma acareação, ou apenas um reconhecimento com a próxima testemunha. Asseguro que tal diligência é de suma importância.

– Falando nisso, a sua última testemunha ainda não apareceu. Pretende desistir dela?

– Excelência, ao que indica ela deve estar chegando, e desde já consigno que se trata da principal testemunha do processo. Com o devido respeito, posso fazer uma sugestão?

– Pode, sem problema nenhum.

– Pelo adiantado da hora, já são quase meio-dia, quem sabe fazemos a pausa para o almoço. Até o final do intervalo, certamente, teremos notícias da testemunha.

O magistrado olhou para o relógio e consentiu com a ideia da defesa. Os sete jurados saíram, na companhia de dois oficiais de justiça, que os conduziram até um restaurante. Aos poucos, o público foi se dispersando. Matheus foi até a sala da Ordem dos Advogados do Brasil e reuniu-se com Heitor Romano:

– Olá, chefe. Tem notícias do Juarez e da testemunha? – perguntou, não conseguindo esconder a ansiedade

– O Juarez não falha, vai chegar em menos de trinta minutos. Já avisei o oficial Ruy Cezar, tive que lhe contar os detalhes. Não se preocupe, ele é de extrema confiança.

– Que alívio. O que o senhor está achando da reação dos jurados?

– Tem chance de absolvição, mas não tem nada definido! Se empenhe ao máximo. O Júri vai até tarde, almoce e prepare o Everton para a surpresa.

Discreto e bem–educado, Matheus Britto sentou-se com o magistrado e o promotor, bem próximo aos sete jurados que almoçavam em silêncio. Terminou a refeição, foi até a cela onde Everton esperava a volta do julgamento.

– Nem sei como te agradecer! Nunca pensei que alguém fizesse tanto por mim!

– Calma, temos uma longa jornada pela frente. Preste bem atenção no que vou falar: não importa o que vier a acontecer, mesmo que apareça um fantasma ou uma assombração, preciso que fique calmo e não se manifeste! Entendeu?

– O que de tão grave pode ocorrer?

– Não importa agora! Promete que irá manter a calma e ficar em silêncio?

– Prometo.

Dois dias antes, o policial militar Juarez, na companhia de outro colega, foi até a fronteira do Brasil com a Argentina, em um vilarejo de pescadores próximo ao rio Uruguai. Vestidos como malandros, montaram uma barraca e foram até um armazém onde os bêbados jogavam cartas e contavam vantagens. Logo se entrosaram, perderam as partidas de canastra de propósito e pagaram alguns martelinhos de cachaça.

No outro dia, pela tarde, já tinham a confiança da testemunha Clóvis Santos, um homem com mais de 60 anos, que vivia com uma esposa mais nova e um filho de 2 anos. Por algumas horas, pescaram e tomaram cerveja. À noite, prepararam um churrasco próximo à barraca e começaram a conversa:

– Amanhã cedo temos um serviço, na verdade uma moleza – disse, Juarez.

– Opa, o que vão fazer?

– Nada demais, só buscar uma mercadoria do outro lado do rio. Entretanto, temos um problema, o barqueiro não apareceu, teve uma crise de pedra nos rins.

– Isso dói, eu já tive duas vezes – mentiu Clóvis.

– Então, será que ele não vai aparecer? Parece que a crise começou hoje.

– Esquece, em menos de uma semana ele não aparece – afirmou Clóvis de olho no serviço.

– Que droga...Então vamos embora amanhã cedo e voltamos na semana que vem com ele. O problema que a grana era alta e o serviço uma moleza.

– Calma, amigos. Eu sou barqueiro também! Se me pagarem bem, levo vocês. Nada que duzentos dólares não resolva.

– Buenas, se nos levar até o outro lado do rio e nos trazer em segurança, te pago trezentos.

– Fechado!

– Arrumamos o acampamento e saímos então. Tem carne e bastante cerveja para a noite. Mas acredito que prefere pousar em casa?

– Que é isso, durmo aqui com vocês! É um alívio. A mulher não para de chatear, e a criança chora boa parte da noite.

O dia amanheceu com uma chuva torrencial, demoraram mais do que o previsto para desfazer o acampamento, e quando alguns raios caíram perto deles, Clóvis quis desistir da empreitada.

– Não vale a pena morrer por trezentos dólares. Estou saindo fora!

– Cala a boca, vagabundo – gritou Juarez, dando um soco em seu estômago.

– Calma, Juarez. Lembra que o Dr. Heitor pediu que ele chegasse sem marcas. O que o juiz vai pensar?

– "Juiz", que porra estão falando?

– Cala a boca ou senão te estouro os miolos! – respondeu Juarez, enfiando o cano do revólver na sua boca.

– Pode ter certeza que a vontade dele é te matar – disse o outro policial, olhando em seus olhos.

– Por favor, não me mate, eu tenho um filho pra criar.

– Na verdade, estaria fazendo um favor para essa criança te eliminando do mundo, velhote safado. Acha que me engana?

Os policiais o algemaram, ataram suas pernas e o colocaram dentro do carro.

– Onde estão me levando? Não quero morrer!

– Infelizmente, não posso te matar, mas também não abuse!

Por mais de quatro horas conduziram o carro. Juarez não aguentava mais as reclamações de Clóvis, até que colou um esparadrapo na boca dele, e resolveu o problema.

– Isso vai deixá-lo com marcas. O que o magistrado vai pensar que fizemos?

– Melhor a marca de um esparadrapo do que eu encher esse verme de tiros! Vamos desse jeito e pronto.

Na entrada do Fórum, Ruy Cezar e Humberto os esperavam impacientes. "Mas que história essa, quando completar cinquenta anos de serviço público vou escrevê-la", pensou o oficial de justiça. Discreto, Juarez retirou as algemas, desatou as cordas, retirou o esparadrapo e lhe deu um tapa na cabeça, como uma técnica que não deixava marcas: "Inventa de fugir e eu te cravo a bala. Te arranca daqui, imundície", falou em seu ouvido.

Ao vê-lo, Humberto sorriu. Na verdade, fora o responsável por localizá-lo e também partiu dele a ideia de que, na verdade, o pai de Everton estaria vivo:

– Seja bem-vindo, seu Jeferson Torrani.

– Quem é esse? O meu nome é Clóvis Santos!

– Muito prazer, eu me chamo Pedro Alvares Cabral! – respondeu Humberto, arrancando risos de Ruy Cezar que, pego de surpresa, não conseguiu segurar as gargalhadas.

– Olha, Jeferson, aqui ninguém é criança. Se pensa que vai fazer o magistrado de besta, asseguro que se arrependerá amargamente.

. • ◆ ◆ ◆ • .

Quando Humberto começou uma investigação privada, informou-se dos meio–irmãos de Everton. No entanto, apresentaram álibis sólidos na data do crime. Matheus lhe explicara a história do DNA. Segundo o advogado, Everton era inocente, principalmente porque não tinha nenhuma espécie de lesão no corpo. E o agressor, obrigatoriamente, precisava ter, porque a vítima apresentava lesões nas mãos por ter reagido, e inclusive arranhado ferozmente quem a matou.

Sabia que o autor do crime precisava ser parente de Everton, mas logo, não sendo seus meio–irmãos, só restava Jeferson, que morrera anos atrás. Intrigado, estudou a investigação do roubo à lotérica que cometeram antes do acidente, no qual foi arquivado, uma vez que os dois assaltantes morreram. Entretanto, os corpos de ambos estavam irreconhecíveis por conta do fogo. A partir daí, presumiu que Jeferson pudesse estar vivo.

Humberto, muito embora aposentado da polícia, mantinha contatos com inúmeros ex–colegas, com fama de ser um amigo leal, fazia questão de ajudá-los. Não tardou para descobrir que Jeferson Torrani e Rafael Crespin cometiam assaltos, mas também inúmeros golpes. Porém, tinham um outro comparsa que sempre os acompanhava. Através desses contatos, descobriu que o terceiro criminoso chamava-se Clóvis Santos, um ex–piloto de quilômetro de arrancada, não tinha muitas passagens pela polícia, contudo possuía problemas de alcoolismo. A partir desta informação, começou a procurá-lo. No entanto, não obteve nenhuma notícia. Buscou informações em presídios, hospitais, delegacias e mesmo assim parecia que o homem desaparecera.

A família de Clóvis era de Santa Catarina, possuía dois filhos e uma ex–esposa. Humberto os contatou. Em um primeiro momento, não quiseram dar informações. Entretanto, o comissário aposentado, com seu jeito brincalhão, os convenceu. E os três confessaram que se sentiam aliviados de não ter mais contato com Clóvis, que ligava praticamente toda semana para pedir dinheiro. Sabiam apenas que morava em Santa Maria, e nem imaginavam que se transformou em um assaltante e golpista. Porém, algo chamou a atenção de Humberto: ele deixou de contatar a família justamente no dia em que ocorreu o assalta à lotérica.

Analisando as fotografias do acidente e consultando com peritos, estranharam o tamanho do incêndio. Na verdade, não deram muita importância para dois assaltantes mortos. Contudo, com um olhar mais aguçado, Humberto concluiu que não fora um simples incêndio.

Com as informações que coletara, foi atrás da pessoa de Clóvis Santos, ou melhor, de quem se passava por ele.

Na verdade, provou-se mais tarde através de uma nova investigação, que no dia do assalto à lotérica, Rafael Crespin, alucinado pela cocaína, saiu correndo do estabelecimento em direção ao carro. Ao invés de sentar-se no carona, teve uma pequena discussão com Clóvis, pois queria ser o motorista. Precisou apontar-lhe um revólver, e de nada adiantou os seus argumentos que fora um piloto profissional. Com medo, trocou de lugar e não disse uma única palavra no trajeto. A investigação conseguiu provar também que somente Jeferson usava o cinto de segurança, e os outros dois foram arremessados para fora do carro com o acidente.

Daí que vem a pior parte: ao que tudo indica, diferente de Rafael, Clóvis não morreu por causa das fraturas. A causa da morte foram as queimaduras. Mas antes de arrastá-lo para dentro do carro e colocar fogo no tanque de combustível, ele pegou os documentos de Clóvis e jogou os seus a alguns metros do veículo para não serem consumidos pelo fogo. Quanto a Rafael, provavelmente morreu pelo acidente. Mesmo assim, Jeferson arrastou seu corpo e o colocou dentro do carro. Foi uma das poucas vezes que conteve o seu ímpeto de ladrão, e não furtou as correntes de ouro que ele usava no pulso. Certamente, pensou que os objetos o identificariam e assim não levantaria suspeita. A polícia demorou para chegar no local, e foi o tempo suficiente para Jeferson sumir e começar uma nova vida.

Humberto sabia que Jeferson era um criminoso experiente, que faria de tudo para não ser descoberto. Todavia, era ciente que ele não possuía recursos financeiros e por conta disso escondia-se em um lugar simplório distante de Santa Maria. Por meses, pediu informações sobre Clóvis Santos, e também sobre um homem com uma tatuagem de super–homem no peito, e mesmo assim não obtinha informações. Duas semanas antes do Júri, ofereceu a recompensa de 500 dólares para quem descobrisse seu paradeiro. Lógico que a promessa do dinheiro fez com que muitos policiais se interessassem e, por sorte, um agente penitenciário que tinha como hobby pescar, viu um homem com a tatuagem e avisou Humberto. Era o fim de farsa montada por Jeferson Torrani.

O magistrado reabriu a sessão de julgamento.

– Dr. Matheus tem notícias da testemunha?

– Perdão, Excelência. A testemunha está aqui – falou Ruy Cezar, conduzindo a testemunha e mostrando os documentos com a identificação de Clóvis Santos ao magistrado.

– Tem coisa errada aqui – disse o juiz, analisando a identidade. Era visível que a fotografia fora trocada, e de maneira amadora. Na verdade, Jeferson contratara um falsificador incompetente para trocar a fotografia da identidade, após o acidente.

– Excelência, posso me aproximar do senhor?

– Sim, mas por lealdade, peço que o promotor venha também.

– O que vou falar pode parecer loucura! Por isso, peço que escutem até o final.

– O que está aprontando agora? – questionou Dr. Henrique, irritado.

– Silêncio, deixa a defesa argumentar – respondeu o magistrado curioso, e com tom autoritário.

– Esse safado aí vem se passando por Clóvis Santos. Entretanto, ele é o pai do acusado, que além das atrocidades que cometeu, está incidindo agora no crime de falsa identidade na frente dos senhores. Peço apenas que traga a testemunha Angel para reconhecê-lo e me deixe fazer poucas perguntas.

O promotor de justiça ficou sem reação. Mesmo com toda a sua experiência, nunca presenciou nada parecido. Era um homem justo, e concordou com o pedido de defesa.

Para a alegria dos homens da plateia, mandou o oficial de justiça chamar Angel.

– Sra. Angel, reconhece esse homem sentado à minha frente?

– Esse foi o sujeito que me cuspiu na cara!

– Nunca vi essa mulher na minha vida!

– Deixa de ser mentiroso, estava todo arranhado, sangrava nas cosas e fedia como um porco! Me recordo daquela tua tatuagem ridícula do super-homem.

– Ora que vou ter tatuagem!

A expressão de Everton era avassaladora, parecia ver um fantasma diante de si. Teve vontade de socar o seu pai. "Como ele foi capaz de fingir a própria morte? Eu ainda chorei tocando no caixão! Esse desgraçado matou a minha mãe e nem se importou em me incriminar?" Seus pensamentos eram um turbilhão que o fizeram desmaiar.

Ao ver a reação do acusado, o magistrado teve certeza que se tratava de Jeferson Torrani, e não Clóvis, e perdeu a paciência:

– Tira a camisa agora e vamos verificar se existe essa tatuagem.

– Não vou tirar, o senhor não pode fazer isso! Não sou obrigado a passar por esse constrangimento!

– Posso, sim! – gritou, mandando os policiais tirarem a camisa dele.

– Tá bom! Tá bom! Deixa que eu mesmo tiro – respondeu, ao ver três policiais militares se aproximando, e tentou fugir, correndo para o lado oposto.

Os jurados se assustaram, a plateia vibrou, mas logo a tentativa de fuga foi contida. Juarez deu-lhe um soco na nuca que o deixou estirado no chão.

– Desculpa, Excelência, mas fiquei com receio que ele machucasse alguém. Imagina se ele faz alguém de refém aqui dentro.

– Confesso que não pensei nisso! Não precisa se desculpar – respondeu o juiz assustado.

Para a surpresa, a testemunha já estava sem a camisa na frente do magistrado: "Tira essa merda, ou eu te arranco a pele", falou Juarez em seu ouvido, enquanto o ajudava a levantar-se.

– É essa a tatuagem que a senhora fala? – perguntou o magistrado a Angel.

– Sim, Excelência.

– Dr. Antônio, pela defesa já pode dispensar a Sra. Angel. Ela está desde manhã no Fórum e foi de grande ajuda.

– O Ministério Público se opõe?

– Não.

– Enfim, Dr. Matheus, o senhor tem a palavra – disse, curioso.

– Para sanar qualquer dúvida que o senhor é Jeferson Torrani, e não Clóvis, vou te mostrar uma fotografia na frente da casa onde a sua ex–esposa morreu, ou seja, onde vocês moravam. É o senhor esse homem?

– Não, nem sei quem é, meu nome é Clóvis!

– Quer me dizer que não é esse homem com o Everton no colo, e ainda por cima com essa mesma tatuagem?

– Vai cuidar da tua vida, advogado de merda! – revidou.

– O que é isso! Algemem esse homem! Não vou admitir isso no meu tribunal! – determinou o juiz, e mais policias cercaram Jeferson. – Responda à pergunta!

– Não sou eu! Nunca vi Angel, nem Everton. Estão me sacaneando!

O magistrado verificou todas as outras fotografias juntadas no processo, e não teve dúvidas.

– Estou te prendendo pele crime de falsa identidade, Jeferson! Isso é inadmissível. Desculpa, Dr. Matheus, pode continuar.

– Foi o senhor quem matou a Juliette?

– Não fui eu quem matou aquela vagabunda! Se tivesse matado, tinha ganhado dinheiro. Melhor preso do que com fama de guampudo.

– Guampudo, como assim? O senhor disse que nem a conhecia? Mas pelo jeito conhecia o Tião.

– Eu não matei aquela vaca! Magistrado, pelo que sei, não sou obrigado a responder perguntas que possam me incriminar!

– Excelência, já que ele se nega de responder as perguntas, pois tenho certeza de que foi ele quem matou a Juliette, encerro por aqui. – disse Matheus.

– O senhor tem o direito constitucional ao silêncio, pois passou de testemunha a suspeito. Te pergunto, quer responder ou fazer uso do silêncio?

– Não vou responder mais nada!

Pela expressão que fizeram ao ouvir Jeferson, os sete jurados pareciam compreender quem de fato matou Juliette!

– Depoimento encerrado, levem–no daqui! Pergunto à acusação e à defesa, já podemos passar para os debates?

– Excelência, podemos fazer uma pausa? – interveio o promotor e fez sinal ao magistrado para que conversassem a sós.

– Sim, sem problemas – e foram ao gabinete do juiz.

Com as notícias do Júri se espalhando, mais pessoas chegavam para tentar uma vaga no plenário. Na frente do Fórum, radialistas noticiavam os acontecimentos, encantados com a habilidade do jovem advogado. No subúrbio da cidade, principalmente onde fôra criado, os antigos vizinhos não falavam tanto de quem era o verdadeiro culpado pela morte de Juliette mas, sim, do orgulho que nutriam pela história do menino pobre que alcançou sucesso com estudo e muito trabalho.

– Me impressionei com a tua competência, caro Matheus. Também devo dizer que teve um excelente professor! – disse Henrique.

– Muito obrigado, o Dr. Heitor não foi somente meu professor, ele é como um pai para mim. Se não fosse ele, dificilmente conseguiria me formar. Como sabe, minha família é muito humilde.

O magistrado encantou-se com a gratidão e humildade do advogado, que mesmo sendo ovacionado por dezenas de estudantes de Direito e venerado pela imprensa, não mudara em nada seu comportamento.

– Estou me referindo a mim, por acaso esqueceu que fui teu professor de Processo Penal? – perguntou.

"É um excelente promotor, mas o pecado da vaidade nunca o abandona", pensou o magistrado, e ficou esperando a resposta.

– Por favor, me desculpa. Sem dúvida, o senhor foi um grande mestre, e jamais esquecerei das aulas que ministrou. Tenho muito a lhe agradecer!

– Como os dois sabem, sou um promotor de justiça, não promotor de vingança! Entendo que o Everton é um risco para a sociedade, e deveria permanecer preso. Todavia, está na cara que foi o pai dele quem matou a Juliette...

– Está dizendo que vai pedir a absolvição? – interrompeu o magistrado. – Atitude nobre, reconhecer o equívoco!

– Arrisco dizer que não me equivoquei, apenas utilizei as provas que se tinha e...

– Eu, no seu lugar, teria feito a mesma coisa – ponderou Matheus, antes que o promotor começasse a discutir com o magistrado.

– Vou pedir, sim, a absolvição. Outra coisa, com base nas provas obtidas hoje, vou denunciar o Jeferson pelo homicídio da Juliette, e logicamente vou pedir a prisão preventiva dele. Mas quero a colaboração do Everton nesse caso, para prestar depoimento.

– Lógico que concordo – adiantou-se Matheus. – Imagina que ele defenderia o pai, depois de tudo que fez.

– Já que estamos em um ambiente de confiança, não deveria falar, mas já adianto que vou decretar a preventiva dele, e mantê-lo isolado no presídio. Talvez aprenda a respeitar as autoridades!

Matheus Britto parecia um advogado com a experiência de centenas de Júris. Conversou pausadamente com o promotor e o magistrado, sabendo a hora de interferir, e também de silenciar.

Sob o olhar de uma plateia curiosa, Dr. Henrique Dias demonstrou uma oratória impecável. Falou sobre o passado criminoso de Everton, desde sua adolescência até a vida adulta. Disse em alto e bom tom que era um risco à sociedade, mas mesmo assim não poderia acusá-lo por um crime que não cometeu. Olhando para os jurados, que provavelmente estariam em outros julgamentos em que ele atuaria, disse: "Quando peço a condenação, é porque tenho a certeza".

Era inegável tratar-se de um promotor inteligente e estratégico, ao menos tiraria vantagem nos próximos Júris, quando fosse pleitear por uma condenação, pois os jurados confiariam ainda mais nele. No final do seu discurso, pediu a absolvição de Everton, e prometeu também que buscaria a condenação do verdadeiro culpado. E, com um poema e falas romanas históricas sobre julgamentos, encerrou o discurso, mostrando ser um homem de vasta cultura!

Todos os presentes admiraram-se com o caráter do promotor. "Esse sim, é um homem justo", pensou Humberto, radiante com o que via e ouvia.

– Passo a palavra à defesa – disse o magistrado.

Matheus Britto já participara de oito Júris como advogado, limitando-se a falar por alguns minutos, mas sempre na companhia de Dr. Heitor Romano. Agora, era diferente, falaria sozinho e diante de um plenário lotado. Sentiu um frio na barriga. Por segundos que pareceram uma eternidade, congelou.

– Dr. Matheus, o senhor está com a palavra – repetiu Dr. Antônio Leoveral, pressentindo o que se passava.

O jovem defensor olhou para Humberto e Dr. Heitor. A expressão dos dois manifestava o orgulho que sentiam dele, que redobrou a atenção. Anos depois, muitos professores de Direito Processual Penal citaram o discurso do jovem advogado. Ao que parece, todo o esforço que teve na vida foi canalizado para sua oratória:

– Começo pedindo desculpas ao Magistrado. Como todos sabem, quando a defesa tem a palavra no Tribunal do Júri, o primeiro a ser homenageado é o juiz da causa, obviamente, pela importância e responsabilidade do cargo que ocupa. Assim, Dr. Antônio, sem jamais querer desrespeitá-lo, peço a permissão para homenageá-lo em terceiro lugar. O senhor me concede?

Imaginando onde queria chegar, o magistrado fez sinal que sim. "Esse garoto vai longe", pensou.

– Na vida, posso afirmar que sou um felizardo, pois tenho dois pais! Um que me concedeu a vida e muito carinho, o qual vou amar eternamente. O outro se faz aqui presente, e se chama Heitor Romano. Foi ele que, além de cuidar da minha família como se fosse sua, me deu a oportunidade de estudar. Quero que saiba da minha eterna gratidão, e saiba também que, independentemente de onde estiver, estará sempre morando em meu coração.

Heitor Romano era conhecido por ser um homem discreto na vida pública. Nem mesmo nas maiores homenagens que recebeu demonstrou emoção. No entanto, ao ouvir as palavras de Matheus, foi impossível conter as lágrimas.

– Em segundo lugar, a verdade não seria descoberta se não fosse pela competência de um comissário aposentado, que eu tenho o maior orgulho em dizer que é meu colega. A você, meu caro amigo Humberto, afirmo, sem a menor sombra de dúvidas, que o teu nome representa as seguintes palavras: lealdade, amizade, honestidade e competência.

Diferente de Heitor, Humberto era um italiano que não escondia as emoções e começou a chorar copiosamente. "Isso é honra demais para um homem nascido no interior de Ivorá", pensou enquanto enxugava as lágrimas.

– Enfim, homenageio o Ilustre Magistrado. Saiba da honra que sinto em trabalhar em um Júri presidido por Vossa Excelência. Ao promotor de Justiça, Dr. Henrique Dias, tive o privilégio de ser seu aluno, e muito mais do que Direito Processual, aprendi também o conceito de justiça nas aulas de Vossa Excelência. Hoje, mais uma vez o senhor demonstra grandeza ao pedir a absolvição de um homem inocente.

O som da voz do advogado ia aumentando aos poucos. Muito embora jovem, com apenas 26 anos, demonstrou cultura citando filósofos e historiadores. Com cautela analisou as provas do processo, mesclou sua fala com poesias antigas, relatou também histórias de julgamentos famosos que marcaram o judiciário brasileiro. E, quando foi avisado que seu tempo estava terminando, pediu a absolvição do acusado, olhando para os jurados que, admirados, o observavam.

Encantados, todos o ouviam. Sua voz, de tão intensa, parecia a de um homem bem mais velho. Até mesmo Heitor Romano surpreendeu-se com a oratória.

– Pergunto ao promotor se vai à réplica? – questionou o magistrado.

– Não, Excelência.

– Vamos nos dirigir à sala secreta da votação. Por favor, os oficiais de justiça que conduzam os jurados. Lembro os senhores e as senhoras que não podem manifestar opinião sobre o caso. A última coisa que desejo é ver esse Júri anulado!

A votação foi rápida, demorou cerca de vinte minutos, isso porque tanto acusação como defesa concordaram com uma única tese. Dentro do plenário do Júri, estudantes de Direito precisaram sentar no chão devido à qualificada plateia. Geralmente, a decisão dos jurados, anunciada pelo magistrado, era o momento mais aguardado. No entanto, todos já imaginavam qual seria o veredito. Mesmo assim, muitas pessoas ficaram do lado de fora. Radialistas posicionaram-se perto do juiz, iriam transmitir ao vivo o resultado do Júri:

– Por decisão unânime dos jurados, que acolheram a tese de negativa de autoria, declaro o réu Everton Torrani absolvido da acusação de homicídio duplamente qualificado. Outrossim, determino a sua imediata soltura! Presentes intimados.

Em êxtase, Everton abraçou-se em Matheus e começou a chorar: "Obrigado por acreditar na minha palavra. Não sei o que seria de mim sem você. Prometo que agora terei uma vida diferente !", falou em seu ouvido.

Ao escutar as palavras do amigo e observar seus olhos lacrimejados, teve certeza que o rumo de seu destino, até então desastroso, mudaria. Logo, os repórteres cercaram Matheus que, com humildade e gratidão, limitou-se a agradecer a Dr. Heitor e Humberto. Assim, saiu ovacionado do Fórum e deu um importante passo para, em um futuro não muito distante, tornar-se um dos principais juristas brasileiros.

Capítulo IX

Dois caminhos

Os meses foram passando e o ano de 1995 encerrou. Somente em 1º de março de 1996, Heitor, Humberto e Leonel cumpriram a promessa e embarcaram para Israel. Os três estavam convictos de que Leonel foi salvo por um milagre.

O voo foi longo, com duas conexões, e quando desembarcaram em Tel Aviv, um taxista brasileiro os esperava e os conduziu até Jerusalém. No caminho, foram surpreendidos com a notícia de que o avião da banda Mamonas Assassinas caiu, matando todos os tripulantes. Impressionados com o ocorrido, foram conversando sobre os mistérios da vida e os planos para o futuro.

O hotel localizava-se a menos de um quilômetro do Santo Sepulcro. Deixaram as malas e foram até o lugar sagrado. Ao entrarem, depararam-se com a Pedra da Unção, local onde o corpo de Jesus Cristo foi depositado depois da famosa e terrível crucificação, e preparado para o sepultamento por José de Arimateia e Nicodemos.

Por instinto, os três ajoelharam-se, lado a lado, diante da Pedra da Unção e rezaram por um bom tempo, até que Heitor Romano interrompeu o silêncio com uma pergunta:

– O que estaremos fazendo daqui a 100 anos?

– Mortos. Por acaso, quer virar lobisomem? – questionou Humberto, fazendo Leonel rir.

– Estou falando sério!

– Claro que estaremos mortos – respondeu Leonel.

– Além de estar morto, o dinheiro que acumulei, provavelmente alguém irá gastar, os imóveis que tenho estarão com uma pessoa que jamais vou conhecer, e ela certamente mal saberá quem sou!

– Tens razão, mas o que pretende dizer com isso? – interpelou Leonel.

– Decidi que vou me aposentar e desfrutar, com a minha esposa e com vocês, meus ilustres amigos, os anos que me restam! Poderia entrar para a política ou virar desembargador, mas de que isso adianta? Se fizer essa escolha, vou passar grande parte do tempo trabalhando, para logo depois morrer e ser esquecido!

– E o escritório, o que pretende fazer? – perguntou Humberto.

– Reconheço a gratidão e a força da amizade como principais virtudes. Olha o que o Matheus fez pelo amigo de infância, que ele não via há anos, e cá entre nós, ele não passa de um vagabundo. Imagina o que ele não vai fazer por nós, quando estivermos velhos e doentes.

E, assim, Dr. Heitor viveu feliz por muitos anos, na companhia da esposa e dos amigos. Teve a chance de viajar e conhecer centenas de lugares do mundo, apreciando diversas culturas do planeta. Ao despedir-se da vida, agradeceu por escolher a aposentadoria ao invés do poder.

· • ◆ ◆ ◆ • ·

O vento de agosto do ano de 1998 soprava lentamente, deixando um rastro gelado. Dentro do escritório, Matheus fez uma pausa e, por minutos, observou da janela crianças tentando se proteger da baixa temperatura. Cabisbaixo, ligou o rádio e surpreendeu-se ao ouvir a notícia de que o motoboy Francisco de Assis, conhecido como Maníaco do Parque, acabara de ser preso na cidade gaúcha de Itaqui. Era o mais temido e odiado assassino em série do Brasil, responsável pelo estupro e assassinato de diversas mulheres. Muito embora condenado a mais de 260 anos, a legislação brasileira, à época dos crimes, não permitia que um condenado ficasse detido por mais de três décadas: "Um dia serei o responsável por alterar essa lei para, pelo menos, 40 anos", pensou o advogado.

A secretária avisara que a sala de espera estava lotada de pessoas querendo ser atendidas. Com os resultados favoráveis de muitos julgamentos, Matheus tornara-se um advogado famoso e requisitado. Por isso, clientes viajavam centenas de quilômetros para contratá-lo.

– Doutor, não sei o que faço com tantas pessoas esperando! – disse a secretária.

– Calma, manda passar a próxima.

Atendeu um empresário acusado de crime financeiro, depois um homem desesperado por conta do filho preso por causa de um acidente de trânsito com morte. Quando ia atender o terceiro, a funcionária entrou na sala:

– Tem uma mulher ao telefone, ela já ligou três vezes! Disse que precisa falar urgente contigo, mas também tem outros clientes esperando. O que faço?

– Sirva café e uma torta aos clientes...

– Já fiz isso – interrompeu a secretária.

– Peça desculpas pelo atraso, então...

– Mas o que digo para essa mulher que está ao telefone?

– Já ia esquecendo, pode passar a ligação.

– Boa tarde, Matheus – falou alguém do outro lado da linha.

– Oi, Angel. O que de tão grave aconteceu? – perguntou, reconhecendo a sua voz.

– Preciso falar contigo!

– Então venha até meu escritório.

– Você não entendeu. Preciso que você venha aqui agora.

– Olha, Angel, sabe que não posso, agora sou um homem casado!

– Por Deus, Matheus. Não estou te ligando para transar. Não te ligaria e insistiria em falar contigo se não fosse realmente urgente e importante.

– Tá bom, me desculpa. Estou indo agora mesmo – disse, despedindo-se.

Em todos esses anos que a conhecia, jamais ligou daquela maneira. Algo realmente grave deveria ter acontecido. Antes, deu satisfação aos clientes:

– Peço mil desculpas, mas ocorreu uma emergência com um cliente. Saiba que se fosse com qualquer um de vocês, sairia às pressas também. Aos que são de fora de Santa Maria, a minha equipe vai providenciar um hotel, tudo logicamente custeado por mim, daí atendo amanhã bem cedo.

Os clientes entenderam e Matheus dispensou o motorista e resolveu ir sozinho. No caminho, entristeceu-se mais uma vez ao lembrar que, na semana anterior, Everton foi morto com um tiro ao enfrentar a polícia, depois de um assalto mal sucedido: "Onde foi que eu errei?", questionou-se.

Após o julgamento em que foi absolvido, Matheus matriculou Everton em um curso técnico, arrumou-lhe emprego, além de ajudá-lo com os gastos básicos como aluguel, luz e água. No entanto, as marcas deixadas por uma infância com pais desalmados, as drogas e a violência que o acompanharam desde a adolescência, pareciam impregnar seu espírito. Nem mesmo as oportunidades para mudar o rumo de sua vida teve o poder de afastá-lo de um destino trágico e infeliz.

Quando chegou na casa de Angel, logo ela percebeu:

– Não se culpe, meu amigo!

– Culpe do quê? – perguntou, surpreso.

– Acha por acaso que não o conheço? Tem um coração enorme, não canso de dizer que é o maior cavalheiro que já tive o prazer de conhecer. Sei que está triste por causa da morte do Everton, mas a culpa pode ser de muitas pessoas, exceto tua. Nunca vi um homem bom ajudar tanto um criminoso!

– Confesso que, desde que ele morreu, não consigo dormir direito. Talvez se o último emprego pagasse um pouco mais, ele não teria descambado de novo para o submundo do crime!

– Ora, Matheus, deixa de bobagem. Ele nunca deixou de ser um criminoso. As pessoas não te falavam para não te magoar, e também porque te respeitam muito.

– Mas me conta, o que de tão urgente aconteceu?

– Você sabia que o Everton tinha um filho?

– Não pode! Ele nunca me contou isso!

– Tinha muita coisa que ele nunca te contou! Mas preciso da tua ajuda com o garoto, está disposto a colaborar?

– Lógico.

– Eu fiquei sabendo, por uma das minhas garotas, que a mãe da criança ia deixá-la em um desses lares para menores carentes. Em outras palavras, ia simplesmente abandonar o filho!

– Mas por que motivo?

– Ela tem uma dívida com traficantes, e está deixando a cidade.

– Entendi, vê qual é o valor que eu quito. Essa criança já perdeu o pai, não vou permitir que perca também a mãe.

– Imaginei que falaria isso. Posso te confessar uma coisa?

– Sim, claro!

– Pode apostar no que vou te falar, é triste, porém é a realidade. Eu conheço essa mulher, trabalhou aqui anos atrás! É o pior tipo de pessoa do mundo. É alcoólatra e viciada em cocaína, tive que mandá-la embora porque roubava escondido não só dos clientes, como das colegas, sempre armando confusão. Seria uma péssima influência para o jovem Júnior.

– Júnior é o nome dele?

– Sim, Everton Júnior, ele tem 6 anos. Apesar de tudo, é uma criança linda e esperta.

– Tá, mas onde ele está agora?

– Aqui! Quando soube que ela o entregaria para um lar, pedi que as meninas o trouxessem pra cá. E imagina, ela aceitou deixá-lo comigo, mas não porque preocupara-se com o destino do filho!

– Por que razão, então? – perguntou sem entender nada.

– Porque ela exigiu cem dólares.

– Meu Deus!

– É um lixo, pior até que a Juliette. Também, que tipo de mulher teria um filho com o Everton! Ah, desculpa, sei que não gosta que falem mal dele.

– Posso ver a criança?

– Claro – respondeu, sabendo que aquilo iria acontecer, fez uma pausa e gritou: – Meninas, tragam o Júnior aqui.

Ao enxergá-lo, Matheus sentiu algo extraordinário, era como se estivesse voltando no tempo. Júnior era idêntico ao pai quando ele tinha 6 anos. Ao ver o menino, recordou da sua infância simples e afortunada: das brincadeiras, do colégio, da maneira amorosa como era tratado por seus pais. Parecia viajar através de um passado feliz, mas a alegria logo desapareceu e foi dominado por uma tristeza ao lembrar do dia em que se despediu do amigo.

Angel era uma mulher vivida e, mesmo assim, emocionou-se ao ver os olhos lacrimejantes do outrora jovem estudante que ela iniciou a vida sexual. Sentiu orgulho em saber que agora ele era um homem reconhecido e bondoso.

– Esse aqui é o tio Matheus, ele era um grande amigo do teu pai.

– Oi, tio Matheus, muito prazer, sou o Júnior. A minha mãe me disse que o pai nunca mais vai voltar. Você, que é amigo dele, sabe me dizer por quê? Eu sempre pergunto e a minha mãe começa a gritar. Daí eu fico com medo!

Ao ouvir as palavras do menino, Matheus não soube o que responder: "Nossa Senhora Medianeira, ele tem só 6 anos e já parece mais velho. Imagino o quanto este garoto já sofreu!", pensou, e precisou se concentrar para não derramar mais lágrimas na frente da criança.

Sem reação, Matheus lhe deu um abraço, reorganizou os pensamentos e respondeu:

– Teu pai sempre vai morar em nossos corações! – disse, abraçando-o, como se o conhecesse há muito tempo.

Angel pegou um pirulito e perguntou se ele queria.

– Claro, tia Angel, mas o que preciso fazer?

– Lembra que te falei que tínhamos um coelhinho no pátio? Que acha de ajudar as meninas a procurá-lo?

E, com esse pretexto, Junior saiu dali e deixou Matheus e Angel conversarem e decidirem o seu destino.

– Confesso que estou perdido, e agora o que vamos fazer? – perguntou Matheus.

– Das duas uma: ou você leva o Júnior contigo; ou o entrego a um lar para menores órfãos. Deve concordar que o meu prostibulo não é lugar adequado para criar uma criança!

– Claro que vou levá-lo comigo! Estou pensando como vou conseguir a guarda do Júnior!

– Ora, Matheus, isso é a parte mais fácil. Deixa de ser ingênuo, qual juiz negaria a guarda em uma situação como essa, ainda mais a um homem com a tua influência?

– Tá bom, você pode arrumar suas roupas?

– Roupas! A megera da mãe dele, nem isso foi capaz de organizar. Aliás, quem duvida que não trocou tudo por cocaína!

Por alguns minutos, Angel explicou para Júnior que agora ele iria morar em uma casa com piscina, cercado por pessoas que o amariam e sempre estariam ao seu lado.

– Será que poderei comer sorvete? Uma vez o meu pai me deu!

– Poderá comer sorvete todos os dias, Júnior! – disse Matheus, emocionado.

– Oba, então vou gostar de ir.

Com todo o cuidado, Matheus o colocou no banco de trás do carro, deu a partida e começaram a conversar sobre futebol. Quando o menino parecia feliz, o advogado viu uma senhora caindo ao chão. Por impulso parou o veículo e desceu para socorrê-la. Surpreendentemente, Júnior tirou sozinho o cinto de segurança, abriu a porta e desceu:

– Olha aqui tio Matheus, ela deixou cair no chão. O que faço com isso?

Era a carteira da mulher, com um maço de dinheiro dentro, que estava a poucos metros dela. Logo, Matheus relembrou de quando Everton tinha a mesma idade do filho e foi obrigado pelo pai a roubar de pessoas acidentadas. Por breves segundos o advogado petrificou, mais uma vez parecia reviver um passado remoto. Quando organizou o turbilhão de pensamentos que o fizeram perder a noção do tempo, respondeu:

– Devolva a ela. Isso é a coisa certa a se fazer.

Pasmo, observou Júnior caminhando, sem hesitar, em direção à mulher deitada e suspirou ao vê-lo entregar-lhe a carteira. Matheus, impressionado, concluiu: "Às vezes a maldade é tão forte e profunda, que são necessárias três gerações para eliminá-la".

FIM

Demais obras do autor:

5 contos sobre o submundo do crime.

Morte, tráfico e corrupção.

Crime em família 1: O crime

Crime em família 2: O julgamento.

Crime em família 3: O veredito

O Madre Tereza

AVEC
EDITORA